KB202080

이따금 난 네가 몰라져서 쓸쓸탄다

# 이따금
# 난 네가 몰라져서
# 쓸쓸탄다

지하련 작품집

백종륜 옮김

지하련(池河蓮, 1882~1960?)

자꾸 편지를 받었소. 엇전지 당신이 내게준
글이라고는, 잘 믿어지지 안는 것이 슬픕니다.
당신이 내게 이러한 것을 경험케 하기 벌서
두번입니다. 그 한번이 내 시골잇을 때입니다.
이혼 말 허면 우슬지 모루나, 그간 당신은
내게 크다란 고독과, 참을수없는 쓸쓸함을 준
사람입니다. 나는 당신을 잘 알수가 없어지고
이젠 당신이 이상하게 미워지려구 까지 합니다.
후 나는 당신앞에 지난친 신경질이엇는지
는 모루나, 아무든 젊은 당신이 내버지고 잇는
젓은 어느날 눈 환상이 보엿섯드...... 그래서
나는 돌아오는 거름이 말할수없이 헛전하고
을 혼자 거러면서, 나는 별 티유로 까닭도없이
외로웟습니다. 그야 말로 모연한 시외시길
작구 눈물이 쏘다 지려구 해서 주추을 반햇
습니다.
집에오는 길노 나는 당신에게 긴 - 편지를 썻습니다.
물론 어린애 같은, 당신보면 우슬 편지입니다.
정희야, 나는 네앞에 결코 현명한 벗은 못
되엇다. 그러나 우는 줄 거 잇섯다. 내 이
제 너와 더부러 즐거웟든 순간을 무듬속에

1940년 12월 최정희에게 쓴 서한 첫 번째 면

지금 편지를 받았으나 어쩐지 당신이 내게 준 글이라고는 잘 믿어지지 않는 것이 슬픕니다. 당신이 내게 이러한 것을 경험케 하기 벌써 두 번째입니다. 그 한 번이 내 시골에 있던 때입니다.

이런 말 하면 웃을지 모르나 그간 당신은 내게 커다란 고독과 참을 수 없는 쓸쓸함을 준 사람입니다. 나는 다시금 잘 알 수가 없어지고 이젠 당신이 이상하게 미워지려고까지 합니다.

혹 나는 당신 앞에서 지나치게 신경질을 부렸는지는 모르나 아무튼 점점 당신이 멀어지고 있다는 것을 어느 날 나는 확실히 알았고……. 그래서 나의 돌아오는 걸음은 말할 수 없이 허전하고 외로웠습니다. 그야말로 묘연한 시외 길을 혼자 걸으면서 나는 별 이유도 까닭도 없이 자꾸 눈물이 쏟아지려고 해서 죽을 뻔했습니다.

집에 오는 길, 나는 당신에게 긴 편지를 썼습니다. 물론 어린애 같은, 당신 보면 웃을 편지입니다.

“정희야, 나는 네 앞에서 결코 현명한 벗은 못 되었다. 그러나 우리는 즐거웠었다. 내 이제 너와 더불어 즐거

가도 나를 수는 없다。하지만 너는 나처럼
어리석진 않았다。물론 이러한 너를 나
는 나무라지도 비위하지도 안는다、오히려
이제 네가 따르려는 것 앞에서 네가 복되
고 빛나기 걸음 갖기를 빌지도 모른다。
정희야、나는 어제 너를 떠나는 슬픔을、
너를 이즐 수 없어 얼마든지 참으려 한다、
하지만 정희야、이건 언제라도 좋다! 네가
백발이든、래로 조곤、래일이래도 좋다! 만
일 네「마음이」흐리고 어리석은 마음이 아니
라、네 별보다도 더 또렷하고、하늘보다도
더 높은 네 아름다운 마음이 행여 나를
찾거든 혹시 그러한 날이 오거든、너는
부디 내게로 와다오!。나는 진정 네가 조
타! 웬일인지 모르겠다! 네 적은 입이 조곤、
목들미가 조곤、볼따구니도 조타!
~~[illegible]~~ 나는 이후 남은 세월을 정희야、
너를 위해、네가 다시 오기 위해 저 希望
에 별을 바라 보듯 잠시이 사러가련다…
하는 어리석은 수작이 맞소냐、나는 이것을
당신께 보내지 못했습니다、당신앞엔

1940년 12월 최정희에게 쓴 서한 두 번째 면

웠던 순간을 무덤 속에 가더라도 잊을 순 없다. 하지만 너는 나처럼 어리석진 않았다. 물론 이러한 너를 나는 나무라지도 미워하지도 않는다. 오히려 이제 네가 따르려는 것 앞에서 네가 복되고 밝길, 거울 같기를 빌지도 모른다.

정희야, 나는 이제 너를 떠나는 슬픔을, 너를 잊을 수 없어 얼마든지 참으려고 한다.

하지만 정희야, 이건 언제라도 좋다! 네가 백발일 때도 좋고 내일이래도 좋다! 만일 네 '마음'이, 흐리고 어리석은 마음이 아니라 네 별보다도 더 또렷하고 하늘보다도 더 높은 네 아름다운 마음이 행여 날 찾거든 혹시 그러한 날이 오거든 너는 부디 내게로 와다오! 나는 진정 네가 좋다! 웬일인지 모르겠다. 네 작은 입이 좋고, 목덜미가 좋고, 볼따구니도 좋다!

나는 이후 남은 세월을 정희야 너를 위해, 네가 다시 오기 위해 저 밤하늘(夜空)의 별을 바라보듯 잠잠히 살아가련다…… 운운" 하는 어리석은 수작이었으나 나는 이것을 당신께 보내지 않았습니다.

나보다는 기가 차게 聰明한 벗이 허다히
잇슨줄을 알엇기 때문이엿읍니다。 그래서
단지 나도 당신처럼 알어보려구 햇슬
뿐이엿읍니다。
그러나, 내 고향은 역시 어디서엿든지 내가
글을 쓰기 시작한 때부터 무척 좋아하든 당신이 ―
우리 글을 쓰고 서로 주기고, 언제까지나 떠나
지 말자고 어린애처럼 속삭이든 기억
이, 내 맘을 오래두고 언잖게 하는 것
을 엇지 할 수가 없엇읍니다. 정말
나는 당신을 위해 ― 아니 당신의 글을 썻으면
좋겟다구 해서 쓰기로 한 셈이니까요 ―

당신이 날 맛나고 싶다고 햇스니 맛나
드리겟읍니다. 그러나 이제 내 맘도
무한 허트러 당신의 숨은 곳에 작은 가지지가
안앗읍니다。
그러면 마지막날, 오후 다섯시에 ふるさと
라는 집에서 맛나기로 합시다。
회답 주시기 바랍니다。

1940년 12월 최정희에게 쓴 서한 세 번째 면

당신 앞엔 나보다도 기가 차게 현명한 벗이 허다히 있는 줄을 알았기 때문입니다. 그래서 단지 나도 당신처럼 약아 보려구 했을 뿐입니다.

그러나 내 고향은 역시 어리석었던지 내가 글을 쓰겠다면 무척 좋아하던 당신이, 우리 글을 쓰고 서로 즐기고 언제까지나 떠나지 말자고 어린애처럼 속삭이던 기억이, 내 마음을 오래도록 언짢게 하는 것을 어찌할 수가 없었습니다. 정말 나는 당신을 위해 아니 당신이 글을 썼으면 좋겠다고 해서 쓰기로 한 셈이니까요.

당신이 날 만나고 싶다고 했으니 만나드리겠습니다. 그러나 이제 내 맘도 무한 흩어져 당신 있는 곳엔 잘 가지지가 않습니다.

금년 마지막 날 오후 다섯 시에 "후루사토(ふるさと, 고향)"라는 집에서 만나기로 합시다.

회답 주시기 바랍니다.

이제(李弟)

# 추천의 글

박서련

미니픽션

# 욱에게

그대 글 잘 보았습니다. 함께 동봉한 편지도요. 답장의 형식을 빌려 멋쩍은 감상을 털어놓으려 합니다.

물체는 힘 주는 방향으로 굴러가고 성질에 따라 힘을 되돌려주기도 하지만, 사람의 마음은 물체와 달라 미움으로 떠밀어도 밀려나지 않고 사랑을 쏟아도 사랑을 돌려주지 못하는 경우가 많습니다.

그런 복잡미묘한…… 마음의 작동 원리를 그대는 잘 파악하고 있는 것 같아요. 감히 나는 이것을 감정의 물리학이라 부르고 싶습니다. 그대의 데뷔 작품을 읽고 나는 그대가 이 학문의 권위자가 될 것을 예감하였습니다. 언제부터 그대는 감정의 물리학에 이토록 밝았는지, 얼마나 커다란 마음이 그대 안에 있기에 그런 것인지, 못나고 둔한 나로서는 짐작할 수도 없습니다.

마음이 너무나 커다란 사람이기에 그대는 남보다 사랑도 많고 괴로움도 크겠지요.

그 마음 앞에 맞버티고 서 있는 자들 가운데 내가 있다는 사실이, 그대 마음이 가장 똑바로 마주보고 있을 그 사람이 아무래도 나인 듯하다는 짐작에 나는 때때로 설레고도 두려워집니다.

'저와 상관되고 가까운 모든 사람이 한낱 이방인처럼 느껴지는 순간, 그는 저와 가장 멀리 있고, 일찍이 한 번도 사랑해 본 기억이 없는 허다한 사람을 따르려고 했다.'

사실과 소설은 물론 다르지만 나는 그대가 내 이야기를 쓰려 했음을 알아봅니다. 부러 들키려고 널어놓은 마음을 모른 척하는 것도 예의는 아니겠지요. 그래서 나는 서글펐습니다. 그대 소설에 나오는 여인처럼 내가 그대를 그토록 외롭게 했다면, 그대가 쓴 외로움이 혹여 나로 인해 알게 된 것이라면, 내 가슴이 찢어지지 않고 버틸 도리가 있을까요. 그런데 기이하게도 나는 일면 기쁘기도 했습니다. 그대가 그런 감정을 나 아닌 다른 사람으로 알게 되었다면 섭섭했을 테니까요.

그대를 괴롭게 만들어 미안하고, 그대가 나로 인해 그런 괴로움을 깨달음에 감사합니다.

지난 편지에서 그대는 평소처럼 정다운 평어로 쓴 부분을 어린애같아 우스운 대목이라 했지요. 내가 보면 웃으리라 여기면서도 끝끝내 편지에 쓴 부분이요. 물론 나는 웃었습니다. 다만 그대가 어린애같아서가 아니라 좋아서 웃었습니다. 하여 나도 그대 흉내를 내보려 해요.

'현욱, 나는 소설가가 된 현욱의 새 이름이 마음

에 들어. 연못 지(池), 물 하(河), 연꽃 련(蓮). 못과 강에 피어나는 연꽃을 뜻하겠지. 현욱의 어머니 성함에도 연꽃 련 자가 들어간다는 이야기를 들려준 기억이 나. 하련이라는 새 이름은 연꽃이 낳은 연꽃이라는 뜻을 품고 있는 듯도 해서 더욱 귀하고 아름답게 느껴져. 마침 연꽃이 만개하는 칠월에 태어난 현욱에게 더할 나위 없이 잘 어울리는 이름이야.

나를 그려주겠니, 네가 좋아하는 작은 입으로 미소하는 나를. 너의 글을 읽고서, 네가 좋다고 말한 뺨에 방울방울 눈물을 그어 내리는 나를. 내 목덜미를 좋아한다고 고백했으니, 소름에 곤두선 잔털 한 가닥 한 가닥 너는 놓치지 않고 상상해 주겠지.

나도 너를 상상해. 원고지를 향해 기울인 고개와, 종잇장의 이면에 숨어 있는 세계를 꿰뚫어 보는 눈빛과, 눈썹과 콧날 사이에 드리운 고심의 그늘을 상상해.

나는 너의 사랑을 사랑해. 나를 사랑하는 너의 마음을 사랑해.

부디 나를 너무 미워는 말라고 한다면, 너의 사랑

이 멈출까? 나에 대한 네 마음에는 빛과 그늘이 늘 함께 있는 것을 알아. 너무 많이 미워하지 말라는 말은 지나치게 사랑하지는 말아달라는 부탁이 되겠지.

내가 다정하려 할수록 커지는 네 슬픔을 나는 어떻게 하면 좋을까?'

현욱, 사람이 스스로의 앞에 진솔해진다는 것은 어떤 일일까요? 나는 그 마음을 아는 사람들이 결국 소설을 쓰게 된다고 생각하고 있습니다. 가장 아끼고 따르기에 가장 미워하게도 되고, 끝 모를 행복에 겨워 이만 죽어도 좋다고 생각하는가 하면 가슴을 지지는 듯한 고통의 덕택에 오히려 살아 있음을 느끼기도 하는 것이 인간이지요. 현욱의, 지하련의 소설은 나로 하여금 새삼 그것을 깨닫게 합니다. 하지만 이런 모순된 마음이 자신의 내면에 존재함을 인정하는 것은 누구에게도 쉽지 않은 일이에요. 소설이라는 형식이 그것을 비로소 가능하게 한다고 나는 믿어요. 지어낸 이야기 속에서만큼은 나

자신의, 또한 인간 일반의 모나고 초라한 마음들을 똑바로 마주할 수 있게 되지 않던가요.

그대가 소설을 써주어서 나는 세상에서 가장 행복한 여자가, 또한 그 누구보다도 불행한 여자가 되었습니다. 나의 동무 현욱이 드디어 나의 간청을 들어 소설을 쓰기에 행복하고, 내가 결코 흉내낼 수 없는 재능을 지닌 소설가 지하련이 나타나 불행합니다.

이 못난 심정이 얼마나 깊은 찬탄에서 비롯되는지를 그대라면 헤아릴 수 있겠지요.

그대는 그대가 글 쓰는 것이 나의 소망에 다름아니어서 할 수 없이 쓴 듯 말하지만 내게는 그것이 그대의 숙명처럼 느껴집니다. 그대는 나를 핑계로 이제야 그대의 운명을 되찾았을 따름입니다. 하지만 나를 위해서든 그대 자신의 욕망을 따라서든 좋습니다. 그대는 나로 인해 외로워졌다지만 나는 그대 덕에 외로움을 조금 잊었습니다. 이 땅에서 이 언어로 여자가 글을 쓴다는 일의 의미에 이제는 그대도 참여하므로, 나는 더 이상 진정으로 외로울 수 없게 되었습니다.

그러니 계속 소설을 쓰겠다고 약속해 주세요. 죽도록 쓰겠노라, 죽을 때까지 쓰겠노라 맹세해 주세요. 어디까지고 언제까지고 쓰는 사람으로 살아남아 주세요.

현욱으로서도 그대는 내게 유일했지만 지하련으로서는 더욱 간절합니다. 그대가 너무나 애틋해져서 어느 날 갑자기 그대를 잃을까 봐 겁이 납니다.

나를 이런 겁쟁이로 만든 그대가 밉습니다. 아무래도 영영.

그대의 희야로부터

차례

일러두기

이 책은 지하련의 『도정』(백양당, 1948)을 저본으로 삼아 현대어로 옮긴 책이다. 의미가 불분명한 어휘는 원문을 살려 표기하였다.

# 지하련 작품집

# 결별

어젯밤 좀 티격태격한 일도 있고 해서 그랬던지 아무튼 일부러 달게 자는 새벽잠을 깨울 구실도 없어 남편은 그냥 새벽차로 일찌감치 간평(看坪)을 나가기로 했던 것이다.

형예가 눈을 떴을 때 제일 먼저 머리에 떠오르는 것은 어젯밤 다툰 일이다. 하긴 어젯밤만 해도 칠원 간평은 몸소 가봐야 하겠다는 둥 무슨 이사회가 어떠니 협의회가 어떠니 하고 길게 늘어놓는 남편의 이야기가 그저 좀 지루했을 뿐 별것 없었다면 모르겠는데, 어쩐지 그게 꼭 '이러니 내가 얼마나 훌륭하냐'는 것처럼 대뜸 비위에 와서 걸린 것이다. 가만히 있을 수 없어 자연히 주고받은 말이란 것이 기껏 "남의 일에 분주한 건 모욕이래요" "남의 일이라니 왜 결국 내 일이지" 이렇게 나오지 않을 수 없었다. 이렇게 되고 보니 딴 집으로만 났을 뿐 아직 한 집안일 뿐 아니라 큰댁에서 둘째 아들을 더욱 믿는 판이고 보니, 하긴 남편의 말대로 과연 그렇기도 한 것이 형예로선 더 아니꼽게 된 판에다가, "여자가 아무리 영리해도 바깥일을 이해 못하면 그건 좀 곤란해" 하고 짐짓 딴전을 피우며 거드름을 부리는 것은 더 견디어 낼 수가 없었다. 결국 형예 편이 "관둡시다 관둬요" 하고 덮어버리게 된 이것이 어젯밤 사건의 전부고 그 내용이지만, 사실은 이런 따위의 하잘것없는 말을 주고받은 것뿐으로 그저 그만이어도 좋고, 또 남편이 이따금 이런 데서 그 소위 거드름을 부려봐도 그리 죄 될 것 없는, 이를테면 아내의 단순한 트집이어서도 좋을 경우에 형예는 곧잘 정말 화를 내는 것이 병이라면 병이다. 더구나 형예로선 암만 생각해 봐야 조금도 다정한 소치에

서가 아닌데도 노상 정부(貞婦) 노릇은 제가 도맡아 놓고 하게 되는 결과가 노여울 뿐 아니라 항상 사태를 그렇게만 이끄는 남편의 소행이 더할 수 없이 능청맞고 괘씸할 정도다.

간밤에도 물론 이래서 잠이 든 것이지만 막상 아침에 깨고 보니 결국 또 손해 본 사람은 저뿐이다. 지금쯤 분주히 간평을 하고 있을 남편에 비해 이렇게 오도카니 누워 서까래만 세고 어젯밤 일을 되풀이하는 자신이 너무 호젓해서인지는 모르나 아무튼 일찍 일어나 봤자 별로 할 일도 없고 또 일찍 일어나기도 싫어서 그냥 멍청히 누워 있으려니 느닷없는 거미줄 하나가 천장 복판에서 그네질을 한다. 형예는 어쩐지 그곳에 몹시 마음이 쓰이려고 해서 일어나 그걸 떼버릴까 생각하는 참인데 '여자는 왜 간평을 하러 다니지 않을까?' 하는 우스운 생각 때문에 문득 실소하려던 마음 한 귀퉁이에서 별안간 야단이 난다.

"그깟 일" 하고 발칵 하는 것이다. 다음 순간 형예는 '웬일일까? 내가 이렇게 비위가 잘 상하는 것은 그를 대수롭게 여기지 않고 사랑하지 않기 때문이 아닐까?' 하는 제법 맹랑한 생각을 한다. 하지만 그로서는 또 뭘 그렇게 치우쳐 다잡아 볼 것 없이 그저 남편을 사랑한다고밖엔 도리가 없는 것이, 이러지 않고는 사실 일이 너무 거창해서인지도 모른다. 정말 이래서 그는 그저 인망이 높다는 남편의 좋디좋아 뵈는 그 눈자위가 가끔 비위를 상하게 할 뿐이라고 생각해 버리는지도 모른다.

뭘 별로 생각하는 것도 없이 그저 이러쿵저러쿵 누워 있으려니 "아주머니, 윗마을댁에서 놀러 오시래요" 하고 심부름하는 아이가 말을 전한다.

형예는 얼른 이불을 걷고 일어났다.

윗마을댁이라면 그저께 정희 혼인이 있던 집이고 정희는 먼 친척 시누이라기보다는 오히려 여학교 때부터 절친한 동무다. 제바람에 가볼 주제는 없었지만 아무튼 꽤 궁금하던 판이라 부리나케 세수를 한 후 그는 '서울 신랑', 그 허우대 좋다는 청년을 함부로 머릿속에 넣어보면서 어느 때보다도 조심스

레 화장을 했다.

“저녁에 아저씨가 오시면 윗마을댁에 갔다고 여쭈고, 집은 비우지 말아라.”

형예는 문밖을 나섰다.

너무 맘 써 치장한 때문인지 언제라도 입을 수 있는 흰 반회장저고리에 옥색 치마가 쨍한 가을 햇살에 눈이 부신다. 어째 석회를 뒤집어쓴 것처럼 분이 너무 많이 발린 것도 같고, 입술이 주홍처럼 붉은 것도 같아서 뒤뚱뒤뚱 불안한 판인데 “아이고, 새댁 나들이 가나베, 잔칫집에 가요?” 하고 마을집 노인이 인사를 한다.

“네” 하고 그저 인사를 받는 둥 마는 둥 하려니, 어쩐 일로 그 노인이 꼭 얼굴만 보는 것인지……. 그는 귀밑이 화끈하다.

‘망할 노인네, 속으로 무슨 흉을 잡으려고.’

형예는 괜히 이런 당찮은 소갈머리를 부리고, 일부러 얼굴을 쳐들다시피 하고는 황황히 큰길을 나섰다.

큰길 옆 음식점 앞에선 무던히 키가 작고 다부지게 생긴 엿장수가 어느 위쪽 사투리론지 엿판을 치며 얼을 빼고 있다. 그 옆에 앙큼한 애들, 손자를 앞세운 노인, 뒷짐을 지고 괜히 주춤거리는 얼치기 주정꾼, 이렇게 숱한 사람이 서 있었다. 암만 생각해봐도 어쨌든 그 앞을 지나갈 용기가 없을 성싶어서 형예는 숫제 되돌아서서 좁은 길을 잡았다. 좁은 길로 가면 학교 뒤 긴 담을 돌아서도 논둑길로 큰길의 두 배나 가야 하고, 그보다도 길이 험해서 애를 써서 받쳐 신은 버선발에 모래가 들어가면 낭패다. 그는 뉘 집 사립가엔지 죄 없이 하늘거리는 몹시 노란 빛깔 채송화 포기를 일부러 잘근 밟으며 짜증을 냈지만, 아무튼 굳이 이 길을 잡은 그 사람 됨됨을 비록 스스로 자조한다 해도, 영 갈 수 없는 것은 역시 갈 수 없는 것이니 어찌할 수 없다.

형예가 좁은 길을 거의 다 빠져나오려고 했을 때다. 마침 그 세 갈래 길에서 그는 공교롭게도 명순이와 마주쳤다. 명순이는 몹시 호사를 하고 사내아이도 그 남편도 이 지방에서는 잘 볼 수 없는 값진

옷들인 성싶다.

"어데 가니?"

"어디 가니?"

"나 온천에 좀 가."

대답하는 명순이는 밝고 다정한 얼굴을 해서 어느 때보다도 아름다웠다.

두 사람은 이내 헤어졌다.

학교 뒤 긴 담을 돌아 나오려니 '저런 게 행복이라는 걸까' 하는 야릇한 생각에 섬뜩했다.

생각하면 형예는 전부터 명순이 같은 애들이 그리 좋지 않은 편이다. 명순이만 두고 말해도 처음 시집갈 땐 그렇게 죽네 사네 싫다던 아이가 시집간 지 얼마가 못 돼서부터 혹 동무들이 찾아가도 조금도 탐탁해하지 않는 대신, 날로 살림 잘한다는 소문이 높아가는 것부터가 싫기도 했지만, 그보다도 하나하나 두고 볼라치면 학교 때 공부 못하고 빙충맞게 굴던 군들이 시집가선 곧잘 착한 말 듣고 잘 사는 것이 참 이상하고 알 수 없는 속내이기는 했지만, 아무튼 그걸 부럽게 여길 맘보다는 일종 멸시하고 싶은 생각이 더 컸던 성싶다. 하지만 웬일로 이제 이렇게 긴 담을 끼고 호젓이 생각하노라니 그 귀엽고…… 고운 생각을 드물게 지녔던 죽은 숙희라든가, 남편과 이혼을 하고 지금은 진남포 어디서 뭘 하는지도 모른다는 지순이라든가 또 계봉이나 이제 형에 저 같은 사람보다도 명순이 같은 애들이 훨씬 대견하고 그저 그만이면 그만으로 어째 훌륭한 것 같은 생각이 들기도 한다.

다음 순간 그는 맘속으로 가만히 '지순이는 뭘 하고 있을까. 무슨 바(bar)엔가 찻집에 있다는 소문이 정말이라면 그건 명순이처럼 곧 남편이 좋아지지 않은 죄고, 음악이 취미라고 해서 축음기판을 무수히 사들이고 '오케레코드'인지 뭔지 하는 데서 가수들이 오는 날이면 숱한 돈을 요리값으로 없애곤 하던, 그 남편을 끝내 싫어한 죄일까' 하고 생각해 본다. 그러나 어쩐지 이런 생각이 채 끝나기도 전에 이보다 몇 배 더한 이상한 노여움을 어찌할 수가 없다. 발아래 폭삭폭삭 밟히는 모래를 한 줌 쥐어 누구의 얼굴에든 팩 끼얹고는 그냥 돌아서고 싶은 야릇하게 억울한 마음이다.

마침 성호천이란 냇물을 끼고 내려 걸으면서 그는 맘속으로 퍼붓듯 숱한 말을 중얼거렸다. 무슨 소린지 한참 중얼대고 나니까 어째 맘이 허전한 것이 이상하게 쓸쓸한 정이 든다.

쟁평하니 남실거리는 여울물이 보였으나 그는 조그마한 돌멩이로 파문을 긋고 싶은 마음도 없이 그저 휘청휘청 걸었다.

갑작스럽게 큰일을 치른 마당이라고 색기(色旗) 나부랭이, 종잇조각, 떡 부스러기 이런 것들이 어수선히 널렸는데도 그게 초상집이나 무슨 불길한 마당과는 달라서 어쩐지 풍성풍성하고 훈훈한 김이, 어디서고 다홍치마를 입은 신부나 귀밑이 파르스름한 신랑이 꼭 나타날 것만 같아서 짐짓 대청 앞을 피하고 샛문으로 해서 정희가 거처하는 방 쪽으로 가만가만히 가려니까 아니나 다를까 정희가 뛰어나온다.

"요런 깍쟁이 고렇게 새침을 떤담, 그래 모시러 보내지 않았다면 안 올 뻔했지?"

정희는 야속하다는 듯이 눈을 흘긴다.

형예는 정희 태도가 신부답지 않다기보다도 너무 옛날 그대로여서, 어떻게 보면 그게 더 고와 보이는 것 같기도 했지만 또 한편 이상한 감을 주기도 해서 어쩐지 얼굴이 달았다.

형예가 정희에게 이끌려 마루로 올라서려니 여태껏 아랫목에 앉아서 두 사람의 수작을 보고 있던 퍽 해맑게 생긴 사나이가 밖으로 나온다. 형예는 속으로 '저게 뭐니 뭐니 하는 이 집 사위로구나' 했다.

정희는 그저 얼떨떨해 있는 형예에게 자리를 권하고 이야기를 건네고 뭘 또 차려오게 하고, 한참 부산하다.

"얘 덥단다. 내가 시집왔니, 아랫목으로만 밀게."

형예는 도무지 적당한 말이 없어 곤란하던 차라 아랫목으로 앉힌 것을 다행으로 아무렇게나 말한 것인데 "너 시집 좀 와보렴!" 하고 정희가 말을 받으니 영문 없이 또 귀밑이 홧홧하다. 하긴 정희의 이런 말버릇이 이제 처음도 아니고 또 뭘 이렇게까지 무안을 탈 것도 없지만 어쩐지 그는 왼편 바람벽

쪽으로 얼굴을 돌리고 말았다. 그랬는데 하필 그곳엔 체취가 풍기도록 이제 막 벗어놓은 것만 같은 넥타이 두른 와이셔츠며 양복이 걸려 있어 여태껏 정희가 처녀였다는 사실과 이상하게 엉클어져 그는 또 한 번 당황하지 않을 수 없었다.

"그래, 얼마나 즐거우냐."

그는 급기야 애꿎은 정희를 놀리고 만 셈이다.

"너 이러기냐?" 하는 듯이 정희는 그 초롱초롱한 눈으로 장난꾸러기처럼 잠깐 형예를 쳐다봤으나 이내 무슨 맘에선지 "얘, 너 서울 가서 살지 않으련?" 하고 생글생글 웃으며 묻는 것이다.

"너희 서울엘 내가 뭣 하러……."

"언젠가 왜 너희 신랑 서울로 취직된다더니 그것 정말이냐."

정희는 제 말을 계속한다.

"곧 갈지도 모르지만 아마 그이 혼자 가게 될 거다."

"건 또 무슨 재미람, 그래 너희 신랑이 혼자 가서 있겠다던?"

"그럼 넌 혼자 있지 못해서 가려는 게로구나."

"요런, 내가 내 이야길 했어, 내가 간댔어?" 하고 정희가 되받아친다.

결국 형예가 "얘 관둬라, 듣기 싫다" 하고 말을 끊었지만 그는 정희와 오래도록 앉아서 이런 이야길 주고받을수록 어쩐지 맘이 어수선하다.

정희의 잉어처럼 싱싱한 청춘이 말과 동작이 되어 누르는 것처럼, 설사 그게 주책없이 보인다고 해도 아무튼 이상한 힘으로 압박함을 느끼지 않을 수는 없다.

형예가 한동안 그저 흥을 잃고 앉아 있으려니 "너, 내가 시집간다니까 처음 생각이 어떻디?" 하고 정희가 말을 건다.

"어떻긴 뭐가 어때, 그저 가나 보다 했지!"

"어떤 사람에게로 가나 했지?"

"그래 어떤 사람에게로 갔단 말이냐!"

이래서 정희는 처음 '그이'와 알게 된 이야기, 연애를 하던 이야기, 결혼하기까지의 실로 숱한 이야기를 들려준 셈이다.

형예는 정희가 은연중에 결혼을 늦게 하는 사람은 으레 의지가 강하고 이상이 높다는 자랑을 하는 것 같아서 "그야 좋은 연애를 해서 결혼하는 게 가장 이상일지는 몰라도 연애라고 다 좋을 수야 있나" 하고 자칫하면 불쾌해지려는 감정을 자그시 경험하면서도 웬일인지 또 한편 부끄러운 생각이 들었다.

학교를 마치던 해에 정희와 도망갈 약속을 어겼던 일, 별로 맘이 내키지도 않는 것을 어머니가 몇 번 타이른다고 그냥 시집갈 궁리를 하던 일, 생각하면 아무리 제가 한 일이래도 모두 지랄 같다.

그는 일부러 사과 한 쪽을 집고 "너 언제 시댁으로 가니?" 하며 생각을 돌리려고 한다.

"아직 잘 몰라."

정희는 사과 한 알을 집는다.

"나 안 먹는다, 목이 마른 것 같아서……."

"그럼 식혜 가져오랴?"

"아니."

"하여튼 얘는 까다롭기도 해."

“까다롭긴 네가 까다롭지 뭐.”

“내가 뭐가 까다로워.”

“여태 골랐으니 말이다.”

“못된 거 같으니라고, 어디서 말재주만 배웠어?”

형예는 조금도 맘에 있어 계획한 말도 아니면서 정희 말마따나 결국 말재주로 놀려주게 된 것이 우습고 또 어째 미안한 생각이 들기도 해서 다시 뭐라고 말을 건네려는데 별안간 밖에서 떠드는 소리가 난다.

“그 술상 하나 내오소 원……. 아니 서울 사위를 보면 다 이런가? 그 서울 사위 이리 좀 나오게 그려. 나 좀 보세 그래” 하고, 정희 막내 당숙이란 양반이 술이 거나해져서는 익살을 부리는 판이다.

이 통에 정희가 듣다가 혹 신랑이 노여워할 말이나 하지 않을까 맘이 쓰이는지 그만 초조한 얼굴로 “풍속이 다르니까 이해야 하겠지만서도 사람들이 너무 무관하게 구는 통에 불안해. 더구나 떠드는 건 질색인데” 하고 낯빛이 어두워진다.

“얘는 싱겁기도 하다, 그이가 질색인데 네가 왜

야단이냐 글쎄."

그는 정희 말을 받아서 이렇게 허투루 놀리기는 했어도 정희가 어느새 이처럼 참견하려 드는 그 맘이 암만 생각해도 이상할 뿐 아니라 객쩍으리만치 '정희는 반했나 보지, 제 말마따나 사랑하면 반하게 되나 보지. 제가 반하는 것은 남이 저한테 반하는 것보다 어떨까?' 하는 우스운 생각이 드는 것이다.

"너 왜 잠자코 있니, 내가 수선을 떨어 불쾌하냐?"

"미쳤어."

그러나 정희는 뭘 별로 더 의심하려는 기색도 없이 그저 장난감을 감춘 소년처럼 또랑또랑 형예를 쳐다보며 "참 우리 인사할까, 그이하고" 하고 묻는다.

"싫다, 얘."

어리둥절해서 거절을 했을 때, 정희는 몹시 섭섭한 얼굴을 했다. 결혼하기 전부터 이야기를 많이 했고 그때부터 소개할 것을 약속했다면서 사람을 잘 이해하고 과히 인상이 나쁘지 않으리라고까지 말을 한다.

형예는 제가 거절한 것이 무엇으로 보나 정말이 아닐 뿐 아니라 응당 알고도 시치미를 뗀, 이를테면 저보다는 깍쟁이 같은 속인 줄은 조금도 모르고 그저 안되어 하는 정희에게 일종 죄스러운 생각이 들기도 해서 "그렇게 자랑이 하고 싶다면 내 인사할 테니, 작작 그만두자꾸나 얘" 하고 쉽사리 대답해 버렸다.

두 색시가 저녁상을 받고 앉아 있는데, 정희 어머니가 들어왔다.

많이 먹으라는 둥 혼인날 왜 안 왔느냐는 둥, 인사치레하랴 딸 걱정 사위 자랑하랴, 갈피를 못 잡는 주인 마나님의 부산한 이야기를 흘려들으며, 형예는 제 생각에 기울었다. 좀처럼 웃을 것 같지 않은 모습이 제법 무심하게, 말도 별로 없이 그저 인사만 하던 신랑의 태도가 어쩐지 이상한 불쾌와 더불어 웅덩이를 도는 물매미처럼 뱅뱅 머릿속을 떠나지 않는다.

정희 어머니는 "이제 시집이라고 훌쩍 가버리면

그만인데, 자주 놀러 오게이, 있다가 밤참 먹고 오래 놀다 가게이" 하며, 곧 큰방으로 올라갔다.

어머니가 나가자 정희도 따라 숟갈을 놓으며 "왜 그만 먹니?" 하고 쳐다본다.

"넌 왜 그만 먹니?"

둘은 웃었다.

별 의미도 없는 그러나 몹시 다정한 웃음을 웃으면서도 어쩐지 형예는 점점 맘이 편치 못하고 자꾸 어두워지려고 해서 곤란했다. 그런데다 정희가 멋모르고 자꾸 이야기를 꺼내놔서 더욱 딱하다. 그래서 그만 이빨이 쑤신다든지 두통이 심하다든지 해서 피해볼까도 생각해 봤으나, 그럴 수도 없을 것 같아서 "한 번 보고 그런 걸 어떻게 아니" 하고 말을 받았다.

"깍쟁이 같으니라고……."

"그럼 꼭 좋단 말을 해야 한단 말이지, 그래 참 좋더라."

말이 떨어지자 형예는 세워 앉은 종아리를 사정없이 얻어맞았다.

"아이 아파, 너 막 힘을 쓰는구나, 난 갈 테다" 하고 형예는 종아리를 만진다.

그는 비단 장난스러운 말뿐 아니라 정말은 조금 전부터 그만 갔으면 하는 생각이 들기도 했다.

"노했니, 맘 놓고 때려서 아프냐?"

눈이 퀭해서 잠자코 앉아 있는 형예를 보자, 미안한 듯이 정희가 말을 건넨다. 그는 속으로 또 괜히 딴청을 피우는구나 하면서 "쑥스럽다 얘, 하지만 네 기쁨에 내가 공연한 희생을 당한 셈이니 사과는 해야 하지 않아?" 하고 되도록 다정한 낯빛을 한다.

정희가 거의 방바닥에 닿도록 절을 하고, 서로들 웃고 하는 판에 "새댁들이 뭘 이리 크게 웃나?" 하고 정희 큰 오라범댁이 문을 연다. 일갓집 젊은 댁들이 모여서 신랑 신부를 데려오라고 야단이 났으니 빨리 큰방으로 가자는 것이다. 먼저 오라범댁을 보낸 후 정희는 왜 오늘따라 오랬느냐고 짜증을 내다시피 하는 형예를 졸랐다.

"다들 모여서 논다는데 빠지면 섭섭할 것 같아서 그랬지 뭐. 하긴 나도 별로 가고 싶은 건 아냐. 하지만 안 가면 또 뭐니 뭐니 말썽이 귀찮지 않아? 그리고 그이들하고 놀아보면 구수한 게 의외로 재미있다 너" 하며 정희는 은근히 형예의 그 타협하지 못하는 곳을 나무라는 것이다. 형예는 "그래, 내 혼인놀이라는데 아무렴 네가 빠져야 옳단 말이냐?" 하고 짐짓 재촉하는 정희 말이 아니더라도, 아무튼 가야 할 것만 같아서 일어나긴 했지만, 큰집 작은집 젊은이들이라면 모두 형예와는 동서뻘이거나 아주머니뻘이겠는데, 어쩐지 그는 전부터도 이 사람들을 대하기가 제일 거북했다. 따지고 보면 자기네들도 다 소학교라도 마친 사람들이고, 이보다도 나들이 갈 때라든가 무슨 명절날 같은 때 볼라치면 고운 옷은 더 잘 입는 것 같은데도, 어째 형예만 보면 자꾸 살금살금 갸우뚱거리는 것만 같고, 암만 애를 써도 그 사람들과는 도저히 어울리질 않는 것만 같아서, 오히려 완고한 할머니들을 대하기보다도 더 힘이 들고 싫었다.

"암만해도 난 그만둘까 봐."

형예는 한 번 더 주저한다.

"애는, 뭐가 그리 무서우냐."

정희는 갑자기 어른티를 부리고 말하는 것이다.

전에도 이런 경우엔 일쑤 정희에게 야단을 맞는 지라 "무섭긴, 누가 무섭대?" 하고 그는 일부러 나지막한 대답을 하려는데, "그럼 뭐냐, 너 그것 결국 못난 거다!" 하고, 정말 야단을 하는 것이다.

형예는 정희가 너무 윽박지르려고만 하는 것처럼 자칫 노여움이 들려고도 해서, "못나도 할 수 없지 뭐" 하고 말해 버린다.

"글쎄, 그렇게 말하면 그건 또 딴 거지만, 아무튼 가야 해. 그동안 잘 놀다가 뭐가 무섭다고 도망한 것처럼 되면 화나지 않아?"

정희는 두 손을 한데 모으고 "자, 갑시다, 제발 가 주시옵소서" 하고 비는 흉내를 한다.

형예는 하는 수 없기도 했지만, 그보다도 정말 오라버니처럼 친절한 것이 오늘따라 더 가슴에 와서 "애는 극성이기도 해" 하고 따라 나왔지만, 축대를 내려서면서 그는 맘속으로 '누구에게나 귀염을 받을 수 있는 사람, 오랑캐 땅에 갖다 놔도 사귀고 살

수 있는 사람은 결국 맘이 착한 사람이 아닐까' 싶어져서, 어쩐지 외로운 맘이 들었다.

두 색시가 들어서려니, "야, 이 신부는 본디 이리 비싸냐? 자넨 또 언제 왔는가?" 하고 형예에게도 인사를 하는데, 모두 왁자지껄하다.

"신부는 신랑 옆으로 가고, 자넨 이리 오게."

그중 나이 지긋한 정희 종숙모가 농을 섞어가며 자리를 치워준다.

"신부는 신랑 옆으로 가라니께 원, 신식 신부도 부끄럼을 타나?"

이래서 방 안은 한바탕 끓어올랐고, 형예는 도무지 태도가 편치 않아서 난감했다. 함부로 웃고 떠들 수는 없고, 그렇다고 가만히 있으려니 뭘 대단히 거들먹거리기나 하는 것처럼 주목이 오잖을까 조바심이 난다. 하지만 사실은 이것보다도 정희와 나란히 앉은 때문인지, 신랑이 자꾸만 보는 것 같아서 영 곤란했다.

이윽고 방 안엔, 한참 공론이 분분하다.

"뭘 해서라도 오늘 밤엔 좀 단단히 턱을 받아야만 할 건데 화투를 하자니 사람이 많고, 우리 윷으로 나서볼까?"

"혼인 잔치에 웬 윷은."

"아, 워낙 신식이거든."

정희 종숙모가 사람 좋게 익살을 부려서 형예도 웃었다.

"어쩔꼬? 신랑 편 신부 편, 갈라서 판을 짤까?"

"그러다가 신부가 지면 어짤라고."

"그게사, 절 양식이 중 양식이라고, 누가 진들 누가 신경 쓰리, 우리는 그만 한턱만 받으면 되는 판 아닐까서."

이래서 방 안은 또 끓어올랐고, 윷판은 벌어진 셈이다.

"윷이야!" 하고, 손뼉을 치기도 하고, "모야! 모면 모개에 있는 놈 개로 잡고 방으로 들거라!" 하는 모양으로, 웬일인지 점점 신부 편이 우세를 취해가는데, 형예는 다행히 신부 편이어서 한 줌에 쥐기엔 사뭇 벅찬 윷가락을 잡을 차례가 또 왔다.

"자, 요번에 자넨 뭣보다도, 윷이나 도로 해서 윷길에 있는 두 동백이 놈을 먼저 잡고 가야 하네."

형예는 어쩐지 진작부터 가슴이 두근거리고 팔이 후들후들해서 그냥 아무렇게나 던진다고 던진 것이 하필 걸로 나, 이미 걸 길에 가 있는 신부 편 말을 쓴다면 뒷길로 도에 가 있는 신랑 편 말이 죽는 판이고, 그 도에 가 있는 말은 또 공교롭게도 이제 막 신랑이 보내놓은 말이다. 별안간 와 소리를 치는 손뼉이 일어났다.

여태껏 별로 흥겨워하는 것 같지도 않고, 굳이 승부를 다투려고도 않던 신랑이, 판국이 이리되고부터는 약간 성벽을 부려보려는 자세였으나, 결국 윷 길에 가 있는 신부 편 말을 놓치고 승부는 끝이 났다.

손뼉을 치랴 신랑을 놀리랴 방 안은 한참 부풀었다.

"초장부터 졌으니 누가 숙맥인고."

"아이고, 곧은 눈썹 잡고는 말도 못한다지."

이렇게 웃고 떠드는 통에 요리상이 들어오고 신

랑의 노래를 청하고, 한참 신이 난다.

형예는 더운 체하고 정희와 훨씬 떨어져 문 옆으로 와 앉았다. 그랬는데도 노래는 여자가 하는 법이라고, 겨냥을 정희에게로 돌리려는 신랑의 눈과 그는 또 한 번 마주쳤다.

그러지 않아도 속으로 '정희가 내 말을…… 혹시 여학교 때 이야기라도, 꼭 필요하지 않은 말이나 하지 않았나' 하는 객쩍은 생각 때문에 괜히 초조한데다가, 겹쳐서 "잠깐 봐도 노래 잘할 분이 퍽 많은 것 같은데, 첨 온 사람 대접할 겸 좀 듣게 하십시오" 하고 신랑이 말을 해서 그는 더욱 당황했다. 그랬는데 다행으로 신랑의 말이 떨어지자 "저 신랑, 그라나믄 한양 낭군 아닐진가, 왜 저리도 약을꼬" 하고 법석거리는 통에 형예는 겨우 곤경을 면했다.

대체로 신랑이 그리 재미있게 굴지 않는 편인데, 정희도 그저 허투루 노는 판이라, 처음부터 뭐가 그리 자잘하게 재미있을 게 없는 성싶은데도, 사람들은 그저 신랑이고 신부란 생각 때문인지 무척이나 유쾌한 모양이다.

사람들은 꼭 신랑의 노래를 들어야만 하겠는지, 장가온 신랑은 본시 닭도 되고 개도 되는 법이니 못하면 닭의 소리도 좋고 개 소리도 좋다고 떠들어 댄다.

그러나 이 통에도 역시나 사리 판단이 빠른 정희 숙모가 "아이구, 노래는 무슨 노래, 신랑 눈치 보니께 저녁내 실랑이해도 노래할 것 같잖구만, 그만해도 많이 놀았을 테니 공연히 장성한 신랑 신부한테 궁뎅이 무겁다는 욕먹지 말고 어서 먹구 일찌감치들 가세, 가" 하고 익살을 부려서 사람들은 또 한판 웃었다.

헤어지는 사람들 틈에 껴서 형예도 가려고 하는 것을 정희가 굳이 잡았다.

"오늘 밤엔 선생으로 모실 테니 더 좀 놀다 가라 얘" 하고 어리광을 피우고 조르고, "그래 각별하니 선생 노릇 좀 하고 놀다 가게, 그래" 하고 정희 어머니도 정희 편을 들고 모두들 웃는 통에 형예는 어쩐지 몹시 무안을 타서 "얘가, 괜히 자랑을 못다 해서 이러는 것이래요" 하고 말하려던 것도 그만 못 하고, 그냥 끌려서 정희 방으로 들어오고 말았다.

"얘는 첨 봤어, 이따가 어떻게 혼자 가니?"

"아이 무셔 쌀쌀둥이, 이쁜 눈 가지고 눈깔이 그게 뭐냐 글쎄, 누가 너더러 혼자 가래? 이따가 내 어련히 데려다주려고."

"싫다 얘."

"싫거든 그만두렴."

이렇게 정희가 싱글싱글 껑충대서 결국 둘은 웃고 만 셈이다.

주위가 차차 조용해져 가자 정희는 또 이야기를 꺼내놓는다.

"얘 넌 이기는 게 좋으냐, 지는 게 좋으냐?"

다리를 쭉 뻗고 마주 앉아선, 발끝을 흔들흔들하고 정희가 묻는 말이다.

"그건 또 무슨 소리야."

"아니, 넌 신랑한테 이기냐 지냐 말이다."

형예는 정희가 언제나 버릇으로 앞도 뒤도 없이 톡 잘라 내놓는 말이라든가 어린애 같은 그 표정이 우습다기보다도 어쩐지, '결국 끝에 가선 제 신랑 얘기를 할 게다!' 하는 생각이 들자, 이번엔 방정맞으리만치 폭 솟구치려는 웃음을 참아야 할 판이다. 이래서 형예는 간신히 짓는다는 게 너무 지나치게 점잖을 정도로 "그래, 난 잘 모르니 너부터 말해 보렴" 하고 정희를 본다.

"깍쟁이 같으니, 그래 난 지는 게 좋다. 일부러라도 지려고 해, 어떠냐?"

"그럼 몹시도 좋아하는 게지."

"그래 좋아하기도 해, 하지만 그것보다도 이기고 보면 영 쓸쓸할 것 같고 허전할 것 같아서 그런다, 너."

정희는 눈썹을 찡그리고 아주 진실하다.

"그럼 행복이란 널 위해서 준비됐게?"

"애는 남의 말을" 하고 정희는 때리려는 시늉을 한다.

"아니고 뭐냐, 좋아해서 지고 싶고, 지면 만족하고, 설사 그곳에 어떤 희생이 있대도 즐겨 희생하는 곳엔 고통이 없는 법 아냐?"

"너 왜 이렇게 막 빼기니, 무섭다 얘. 관두자."

이번엔 정희가 얻어맞을 뻔한다.

형예는 빼기는 것까지는 좀 거짓말일지 모르나, 아무튼 너무 정색한 것을 깨닫자 "그럼 너만 빼기련?" 하고 어름어름 웃으면서도 어쩐지 부끄럽다.

정희는 아닌 게 아니라 제가 지는 것으로 해서 조금도 자존심이 상할 리 없다는 설명과 지고도 만족한다면 그 사람은 행복할지 모른다는 것을 말하면서, '그이'를 오라고 해서 같이 이야기하고 놀았으면 좋겠다고 한다.

형예는 웬일인지, 거의 폭발적으로 콱 터져 나오는 웃음을 참을 수가 없다.

"나 원 그렇대도, 글쎄 누가 너희 신랑을 못 봤다고 이렇게 야단이냐 말이다."

형예는 "이런 심보하고는 아주 비비 꼬인 소라고둥이야 왜" 하고, 토라지려는 정희 말을 듣는 둥 마는 둥 "소라고둥이 아니면 뭐냐 그럼" 하고는 그저 웃었다.

조금 후에 형예는 전과 달리 별 대꾸도 없이 그저

시무룩해 있는 정희를 발견하자 흠칫 '너무 심하게 굴지 않았나?' 하는 후회가 난다.

제가 슬플 때라든가 기쁠 땐, 꼭 어린애처럼 순진해지는 정희인 것을 누구보다도 잘 아는 형예로서는, 정희가 하는 노릇을 단지 자랑으로만 볼 수는 없다.

형예는 속으로 '제가 좋아하는 내가, 제가 좋아하는 그이와 친했으면…… 제가 좋아하듯 서로 좋아했으면…… 하는, 이를테면 정희다운 맘씨가 아닐까?' 싶어서 더욱 짓궂게 군 것이 미안해진다.

"너 노했니?"

"……."

"못났다 얘, 어쩜 그렇게 생판이냐."

"뭐가 생판이야?"

"어린애란 말이다."

"어린애래도 좋아."

한순간 둘은 이상하게 부끄러운 어색한 분위기에 싸였으나, 이내 정희는 훨씬 명랑해져서 "이따금 난 네가 몰라져서 쓸쓸탄다" 하며 트집까지 부린다.

전에도 이런 경우엔 맡아놓고 정희가 해결을 지어줬지만, 형예는 진정 마음으로 이날처럼 고마운 적은 별로 없다. 그리고 또 이날처럼 그걸 모른 척해 본 적도 없다.

"모르긴 뭘 몰라?" 하고 형예는 되도록 남의 말처럼 무심하려는데, "그럼 데려오랴?" 하고 낚아채서, 그는 "너도, 참" 하고 당황한 웃음을 웃지 않을 수 없었다.

자정이 훨씬 넘어서야 형예는 정희 집을 나섰다. 혼자 가도 괜찮다고 사양을 했지만, 결국 세 사람은 가까운 길을 버리고 해안통을 나란히 걸었다.

중앙 잔교를 지나서 뗏목으로 만든 긴 나룻가에 나서려니 조그마한 산들이 병풍처럼 둘러 있어, 언제 보아도 호수 같은 바다가 눈앞에서 찰싹거린다.

"왜 안개가 끼려고 할까."

뽀얀 안개가 산에도 바다에도 김처럼 서려 있어 조금도 가을 같지가 않다.

"왜 안개가 낄까?"

이번엔 신랑이 묻는다.

"혹 비가 오려면 안개가 낀대지만."

정희는 말끝을 맺지 않고 하늘을 본다.

신랑도 따라, 그저 은하수를 헬 것만 같은 하늘을 쳐다봤다. 아지랑이가 꼈든, 안개가 꼈든, 유리알처럼 영롱한 하늘이 사뭇 높아서 하늘은 아무리 봐도 가을하늘이다. 그러나 그게 조금도 북방 하늘처럼 쇠락한 감을 주지 않는 것이 더욱 그리운 정을 주지 않는가? 음산한 가을비가 오다니, 모를 말이다.

정희는 이제 여름밤을 보라고, 자꾸 자랑이다. 정희 말을 들으면 비가 오려고 하는 전날 밤과 비가 갠 날 밤이 여름밤치고도 제일 곱다는 것이다.

"그렇게 하늘만 고운가?" 하고 신랑은 우스갯소리로 정희 말을 받으며 힐끗 형예를 봤다.

형예는 잠자코 있기가 어쩐지 거북해서 "첨이세요?" 하고 그저 얼핏 나오는 말을 한 것이지만, 제가 생각해 봐도 대체 뭐가 첨이냐는 것인지 모를 말이라 더욱 어색했다.

정희는 신랑이 이제 첨 와본다는 것과, 대단히 좋

은 곳이라고 형예 말에 인사를 하자, 더 신이 나서, 섬으로 낚시질을 가 조개를 캐고 소라를 따는 이야기, 섬의 밤은 무척 까맣고 이무기가 산다는 바윗돌이 무섭다는 이야기를 했다. 또 신랑이 짐짓 "바닷가 색시들은 사나울 게라" 하고 말을 해서 형예도 웃었다.

"왜 바다가 얼마나 좋은데 그래. 우린 몹시 슬프거나 외로울 땐 갑자기 바다가 그리워지고, 풍랑이 몹시 이는 바다에 가서 죽고 싶데요."

"그건 또 웬일일까, 물귀신의 넋일까" 하고 신랑이 웃고 정희 말을 받으며 "이러다간 내일 도망하게 되리다" 해서, 색시들은 자지러지게 웃었다.

정희는 신랑이, 그 큰소리로 웃지들 좀 말라고 하는 것이 더 우습고 재미있다는 듯이, 남해서 배를 타고 여수로 가려면 바다에 나간 남편을 기다리다 죽은 원귀가 있는 섬이 있는데, 혹 비가 오려는 날 어선이 그곳을 지나노라면, 아주 구슬픈 울음소리가 들린다는 이야기, 또 옛날에 어떤 총각이 돌치라는 아주 조그만 섬에 가서 고기를 낚고 살았는데,

하루는 달밤에 고기를 낚노라니 아주 아름다운 처녀가 홀연히 나타나서 밤마다 놀다 가는 새벽이면 꼭 눈물을 흘리고 물속으로 들어갔단 이야길 장난꾸러기처럼 재잘대며, “알고 보니 그게 바로 인어였대요” 하고 재재거린다.

“정말 인어라는 게 있을까?”

형예는 싫을 만큼 들어온 이야기지만 어째 이상한 생각이 다소곳이 들어서 정희보고 말한 것인데 “그럼 있지 않고요” 하고 신랑이 말을 받았다.

‘내 보기엔 당신네들부터 수상한 것 같수다’ 하는 것처럼 색시들의 얼굴을 보며 웃는 것이다.

형예는 전에 없이 아름답고 즐거운 밤인 것을 확실히 느낄수록 어쩐지, 점점 물새처럼 외로워졌다. 저와 상관되고 가까운 모든 사람이 한낱 이방인처럼 느껴지는 순간, 그는 저와 가장 멀리 있고, 일찍이 한 번도 사랑해 본 기억이 없는 허다한 사람을 따르려고 했다.

형예는 머리를 숙인 채, “몇 시나 됐을까?” 하고 말을 건넨다.

"글쎄."

조금 후 일어나는 색시들을 따라 신랑도 일어서면서 왜들 물속으로 들어가지 않느냐고 해서 셋이 모두 웃었다.

세 사람이 새로 만든 매축지(埋築地)를 거의 다 돌아 나오려고 했을 때 어디서 기다란 기적이 어슴푸레 들려왔다.

"정말 날씨가 궂으려나 보지?"

정희가 혼잣말처럼 중얼거린다.

"무슨 징조로 자꾸 비가 온다는 거요?" 하고 신랑이 물어서, 이제 막 들리는 기적 소리가 바로 날이 궂어질 때 들린다는 것과, 그게 바로 낙동강을 지나는 열차의 신호라고 정희가 설명을 한다.

형예는 이 야심하면 흔히 들을 수 있는 기적 소리가, 이제 웬일로 칼날보다도 더 날카롭게 별똥보다도 더 빠르게 가슴에 오는 것인지, 별 까닭도 없고 어디 따져 물을 곳도 없어 더 크고 깊은 억울함에 그냥 목 놓아 통곡하고 싶은 감정을 지그시 깨물며 머리를 숙인 채 잠자코 걸었다.

세 사람이 거의 형예 집 앞까지 왔을 때, "미안합니다, 괜히 이렇게" 하고 형예가 그 뒷말을 몰라 하는 것을 "또 뵙겠습니다" 하고 신랑이 얼른 말을 받아주었다.

형예는 젖힌 대문을 열고 들어서선, 빗장을 꽂고 다시 고리를 걸었다.

남편은 벌써 돌아와서 잠이 들었던 모양으로, "날이 새도록 무슨 마실인가?" 하고 제법 농을 섞은 꾸지람을 했다.

형예가 자리에 누울 때쯤 해서, 남편은 담배에 불을 붙이며 "뭘 하는 사람이래?" 하고 말을 건넨다.

"그냥 공부하는 사람이래요" 하고 형예가 말을 받으니까 남편은 짐짓 좀 피식이 "아 여태 학교를 다녀?" 하고 묻는다.

"꼭 학교를 다녀야만 공부를 하나?"

좀 쌀쌀맞게 대답하는 아내의 말이 있은 지 얼마 있다가 남편은 일부러 푸, 푸, 소리를 내고 연기를 뿜으며 혼잣말처럼 "공부를 하는 사람이다? 좋은 팔자로군" 하고 흥에 겨워 거들먹거린다.

형예는 남편의 이러한 태도가 어쩐지 마땅찮았다. 자기 역시 그 나이 또래인데도 무슨 자기보다는 훨씬 어린 사람의 이야기나 하듯 오만한 그 표정이 어쩐지 비위에 거슬린다. 그래서 짐짓 "그런데 여간 침착한 사람이 아니에요" 하고 말을 해봤다. 그랬더니 남편은 역시 무표정한 얼굴로 "응, 얼굴도 잘나고" 하며 맞장구를 치는 것이다.

이때 형예에겐 쏜살같이 '내 마음을, 내가 뭘 생각하고 있는지를 그는 자기대로 짐작한 게다, 그래서 이것이 그 노여움의 표정인 게다!' 이렇게 생각이 들자, 또 뒤미쳐서 '이런 때 남편의 표정이 이래야만 하는 것일까?' 하고 생각이 든다. 형예는 알 수가 없었다. 웬일인지 분하다.

"왜 동무 남편이면 좋은 걸 좋다고 하는 게, 뭐가 어떻고, 왜 나쁘담" 하고 형예는 그만 미리 덜미를 잡으려는 시늉이다. 그런데 웬일인지 이렇게 말을 시작하고 보니, 뭘 한번 억척같이 버티어 보고 싶은 애매한 충동이 느껴졌다. 그래서 "말해 봐요. 내일

광고를 써 붙이든지 세상 밖으로 쫓아내든지, 한번 맘대로 해보세요. 하지만 난 당신처럼 거짓말은 할 줄 몰라요……" 하고 허겁지겁, 저도 알 수 없는 말을 한다.

사실 형예는, 한번 불이 번쩍하도록 맞부딪고 싶었다.

그러면 차라리 뭔지 후련할 것 같았다. 그러나 남편은 형예가 하는 말을 어떻게 들었는지 "내가 뭐랬다고……" 하며 거의 당황해서 일어나 앉는다.

"당신은 걸핏하면 날 잡고 힐난하려 들지만, 원 허, 그 참, 그래 내가 어쨌단 말이오, 왜 남이라고 좋단 말 못 하란 법 있나? 그리고 또 당신이 뭘 그리 좋단 말을 했기에, 내가 어쩐다고 이러우? 자, 그러지 말래도 그래, 괜히 평지에 불을 일궈 티격태격하면, 그 모양이 뭐가 되우, 그저 당신은 아무것도 아닌 것 가지고 이러지 말우, 내 암말도 않으리다" 하고 괜히 쉬쉬한다.

형예는 자리에 누워서도 "아무것도 아닌 것 가지고……. 내 암말도 않으리다" 하고 남편이 하던 말을 되풀이해 본다. 암만 생각해도 이게 아닌 성싶다. 맞장구를 치는 것도 이게 아니고, 당황해하는 것도 이거여서는 못쓴다. 아무튼 도통 이런 게 아닌 것만 같다.

얼마 후 형예는 '내가 아주 괴상한 짓을 할 때도 그는 역시 모양이 뭐가 되우, 내 암말도 않으리다, 할 건가?' 싶어진다. 이렇게 생각하고 보니 어쩐지 정말 꼭 그렇게 할 것만 같다. 동시에 '이렇게 모욕을 주고 사람을 천대할 법이 있느냐?'는 외침이 전광처럼 지나간다. 순간 관대하고 인망이 높고 심지가 깊은 '훌륭한 남편'이 더할 수 없이 변변치 못한 남편으로 한낱 비굴한 정신과 그 방법을 가진 무서운 사람으로 형예 앞에 나타났다. 점점 이것은 과장되어 나중엔 '그가 반드시 나를 해치리라'는 데서 그는 오래도록 노여웠다.

웬일로 밤이 점점 기울수록 참개구리 떼처럼 벌레들이 죽어라 울어댄다.

'저 기다랗게 끼록끼록 하는 것은 지렁이일 테고, 끼득끼득 하는 것은 귀뚜라미일 테지만, 저 솨르르

쏴르르 하고 쪽쪽쪽 하는 벌레는 대체 어떤 형상을 한 무슨 벌레일까? 왜 저렇게 몹시 울까?' 싶다. 갑자기 밀물처럼 고독이 온다. 드디어 형예는 완전히 혼자인 것을 깨닫는다.

# 가을

서쪽으로 트인 창엔 두꺼운 커튼을 내려쳤는데도 어느 틈으론지 쨍쨍한 가을 햇살이 테이블 위로 작대기를 긋고는 바들바들 아른거린다.

분명 가을인 게, 손을 마주 잡고 비벼 봐도, 얼굴을 쓰다듬어 봐도, 어째 보송하고 매끈한 것이 제법 상쾌한 기분이고, 또 남쪽 창가로 가서 바깥을 내다볼라치면, 전후좌우로 높이 솟아오른 빌딩 위마다 푸르게 어슴푸레한 하늘이 무척 높고 해사하다.

오후 여섯 시다.

사내에서 일 잘하기로 유명한 강 군이 참다못해

손가방을 챙긴다.

"뒤에 나오시겠어요?"

"먼저 갑시다."

뒤를 이어 김 군도 따라 일어섰다. 마지막으로 사원 은희가 나간 후 실내는 한층 더 호젓하다.

석재는 강 군이 '난 먼저 갑니다'라고 해야 할 말을 '뒤에 나오겠소?' 하고 묻던 것이 역시 속으로 우스웠으나, 이 정당하고도 남을 '먼저 가겠다'는 말을 항상 똑똑히 못 하는 강군의 성격에 전처럼 고지식하게 웃을 수만은 없었다.

담배를 붙여 문 채 테이블 위에 펼쳐져 있는 원고들을 정돈하고 있으려니 아침나절 정예에게서 온 편지의 내용이 다시금 머리에 떠오른다.

역시 그리 유쾌치 못한 사실이다.

그러나 단순히 불쾌한 것이 아니라 불쾌한 감정 그 뒤에 오는 꽤 맹랑하고도 해괴한, 야릇한 감정을 그는 어떻게 처리해야 할지 종내 망설이지 않을 수가 없다.

사실 그는 오늘 종일 이것과 실랑이를 했는지도

모른다.

정예라면 물론 아내와 제일 친했던 동무다. 그뿐만 아니라 아내 생전에 이상한 처신으로 아내를 곤란케 한 사람이고 또 석재 자신을 두고 말해도 이 여자로 인해 대단히 난처한 경우는 겪었을망정 한 번도 이 여자의 행동을 즐겨 받아들인 적은 없다고 생각한다. 그리고 더욱 유감인 것은 이 여자의 그 후 행방이다.

들은 바에 의하면 여자는 그 후 결혼을 했으나 곧 이혼을 했고 이혼한 후엔 그 소위 '연애 관계'가 무척 번거로워서 그의 아는 사람도 여기 관계된 사람이 몇 있다고 한다. 이리되면 이건 그로서 도저히 이해할 수도 없으려니와, 불쾌함의 정도를 넘고도 남는다. 또 사람의 기억이란 꽤 야속하게 되어서 사랑하는 아내와의 모든 것도 삼 년이 지난 오늘엔 때로 구름을 바라보듯 묘연한데 하물며 정예란 여자와의 지난날이 지금껏 그의 머릿속에 자리를 잡고 남아 있을 턱이 없다.

이러한 오늘에 다시 편지를 보내고 만나자니 (만

나도 소용없단 것을 이편보다도 저편이 더 잘 알면서 만나자니) 이제 그에게 '여자'란 대상이 다시금 알 수 없어지는 것도, 또 이 여자가 가지는 바 그 풍속(風俗)이 더욱 오리무중인 것도 사실은 무리가 아닐지 모른다.

담배를 든 채 손이 따가워 오도록 여전히 그는 망설이고 있었다.

맞은편에 걸린 시계가 어느새 일곱 시를 가리킨다. 지금 곧 일어서서 간다고 해도 삼십 분은 걸릴 것……. 그는 일종의 초조한 것도 같고 허전한 것도 같은 우스운 심사를 경험하는 것이었으나 여전히 쉽사리 일어서려곤 않는다.

점점 실내가 거무스레해 오고 뿜어내는 연기가 어슴푸레 가라앉는 것 같다.

그는 끝내 일어섰다. 그러나 이렇다고 뭘 이제야 정예를 만나려고 가는 것은 아니다.

거리에 나서도 역시 황혼이고 가을이다. 아직 낙엽이 아니건만 가로수는 낙엽처럼 소곤대고 행인들의 그림자도 어째 희미한 것만 같다.

문득 죽은 아내가 생각난다. 순간 그는 정말 안타

까운 고독과 슬픔을 자기에게서도 아내에게서도 아닌 먼 곳에서 느끼며 총독부 앞 큰길을 그냥 걸었다.

바로 집으로 가자면 광화문통에서 효자정으로 가는 전차를 타야 했으나 그는 어쩐지 걷고 싶었다.

바람이 불되 오월의 바람처럼 변덕스럽지도 않고 또 겨울바람처럼 광폭하지 않아서 좋았다기보다, 얼굴에 닿아 조금도 차갑지 않지만 추억처럼 싸늘한 가을바람은 또한 추억처럼 다정하기도 해서 그는 정다웠다.

조금 후 그는 경복궁을 끼고 오르며 걷고 있었다. 물론 이 길로 자꾸 가노라면 오늘 정예가 약속한 장소가 나오는 것을 그는 모르는 바 아니나, 거의 한 시간 반이나 넘은 지금까지 여자가 기다리고 있으리라 기대하고 이 길을 잡은 것은 결코 아니다. 그저 무료해서 지향 없는 발길이었고, 또 소란한 길보다 호젓한 길을 취한 것뿐이다.

그는 되도록 담 밑으로 걸어 효자정으로 넘어가는 돌층계를 밟으면서 다시금 자기 마음을 의심해 본다. 생각하면 이제 이다지도 지향 없는 마음의 소치가 기실 정예에게 있는지도 모르기 때문이다.

하기야 정예가 아내와 가장 친했던 동무란 점에서 혹 정예로 인해 아내를 생각하게 될 수도 있을 테고, 또 전에라도 그는 이렇게 아내를 생각할 때면 곧잘 지향 없어지는 것이 버릇이었지만 이렇다고 해도 이제 정예로 인해 아내를 생각하게 된 것이 정말이라면 어쩐지 그는 죄스럽다. 설사 이곳에 아무리 거리낌 없는 대답이 있다 친대도 그는 웬일인지 이것으로 맘이 무사해지지가 않는다.

생각이 이렇게 기울수록 그는 맘속으로 막연한 가책까지 느끼는 것이었으나, 알 수 없는 것은 이와 동시에 거의 무책임하리만큼 자꾸 어두워지려는 자기 마음이다.

마침내 그는 달리듯 층계를 밟기 시작했다.

그러나 길이 차차 말쑥한 신작로로 변해 왔을 때 역시 그의 눈은 자기도 모르는 사이에 경무대 쪽 솔밭길을 더듬었다.

물론 정예가 있을 리 없다.

그는 처음부터도 그러했고 또 솔밭 쪽으로 눈을

가져가는 순간에도 그곳에 정예가 있으리라고는 아예 생각지 않았으나 순간 이상하게도 일종 열없는 정이 이제 막 층계를 급히 달린 피곤을 한꺼번에 몰아온 것처럼 그는 끝내 제법 잡초가 우거진 솔밭으로 가 자리를 잡고 말았다.

이상한 피곤과 함께 일종의 자조적인 허망한 심사를 겪으면서 그는 담배를 꺼내 불을 붙였다.

벌써 사 년 전 일이다.

어느 날 그는 모유가 부족한 데 돼지발이 좋다는 말을 어떤 친구에게서 들었는지라 회사에서 나오는 길로 곧 태평통을 들러 이것을 찾아봤으나 마침 있지 않았다. 그래서 돼지발도 어차피 돼지고기이니 살점인들 어떻겠냐고 살코기 두 근을 사서 들고는 그 길로 집으로 왔다. 그랬는데 마침 안방에 손님이 온 모양이라 고기는 심부름하는 아이에게 준 후, 자기 방으로 들어오고 말았다.

곧 아내가 건너와서 그는 손님이 바로 정예라는 여자인 줄을 알았다.

그가 이 여자와 전부터 안면이 있는 건 아니었다. 단지 평소 아내가 입버릇처럼 무어라고 칭찬을 많이 했고, 또 흔히 부부간 말다툼이라도 있든지 혹은 뭐가 마뜩지 않아서 짜증이라도 날 땐 곧잘 "나도 정예처럼 공부나 할걸" 하고 애매한 말을 해서 정말 그의 마음을 언짢게 한 적이 한두 번이 아니었다. 그는 정예가 뉘 집 딸인지 무슨 학교를 다니는지 그 얼굴이 검은지 흰지 키가 작은지 큰지, 적어도 아내가 전하는 바 그대로 제법 샅샅이 다 알고 있는 터였다.

그가 자기 방에서 혼자 저녁을 치른 후 신문을 들추고 있으려니 무슨 영문인지 제법 번거로운 웃음을 터놓으면서 아내가 문을 열었다.

왜들 야단이냐고 그가 물어볼 틈도 없이 "손님 오신대요" 하고 아내가 들어선다. 뒤를 따라 정예도 들어섰다. 그는 하도 아내가 자랑한 끝이라 어째 좀 당황하기도 했으나 달리 보면 하도 많이 칭찬을 했기에 더 침착하게 일어나 맞은 셈이다.

과연 처음 보아도 아내가 말한 그대로였다. 살빛은 그리 흰 편이 아니었으나 무척 결이 고왔고 눈은 이상한 광채를 뿜는 것처럼 몹시 총명한 느낌까지 주었다. 단지 그의 상상과 다소 어긋난 점이 있었다면, 그는 막연하게 정예란 여자도 자기 아내처럼 섬약하고 천진해서 그저 귀여운 여자일 거라고 생각했던 것이다. 정예는 아내보다 훨씬 그늘이 있는, 무언가 꽤 맹렬한 일면이 있을 듯한 것이 첫째로 달랐고 또 조금도 천진하지 못한 느낌이었다.

그가 처음 받은 인상이 이러했고 또 이래서 그도 제법 옷깃을 여미어 정색하고 대한 까닭인지는 몰라도 아무튼 두 사람은 터놓고 무슨 이야기를 나누지는 않았다. 그저 몸이 편찮아서 귀향했다는 아내 말에 "그 안됐습니다. 빨리 치료를 하셔야지요" 하고 그가 말을 받았을 정도였다.

이날 정예가 돌아간 후 아내는 그의 멋없는 것을 나무랐다.

"왜 그렇게 재미가 없데요. 그 애가 남의 남자하고 인사나 하는 줄 아우, 남 기껏 소개를 해놓으니까 이야기 한마디 없다가 옆에서 딱하다니 난 첨 봤어, 이제 걔 우리 집에 다신 안 올 테니 난 몰루" 하고는 거의 화를 내다시피 했다.

처음 만난 사람하고 무슨 이야기가 그렇게 많아야 하느냐고 암만 말을 해도 아내는 영 듣지를 않았다. 이래서 결국은 별 대단치도 않은 동무 가지고 왜 야단이냐고, 짐짓 핀잔을 주게 되었고 이리되자니 아내는 뭐가 더 억울한 것처럼 더욱 자랑을 늘어놓은 셈이다.

본시 여자란 이야기를 내놓기 시작하면 나중엔 흔히 제바람에 넘어가기가 쉬운 것인지, 아내도 처음엔 얌전하다느니 재주가 있다느니 또 몹시 다정한 사람이라느니 그야말로 순전한 자랑만 하던 것이 차차 웬만한 남자는 바로 보지도 않는다는 둥, 가령 누구를 사랑할 경우라도 무사한 편보다는 까다로운 편을 택하는 성격이라는 둥 본인을 위해 하지 않아도 좋을 말까지 삼갈 줄을 몰랐다. 이래서 그도 제법 건성으로 듣긴 했으나 끝내 "그 대단한 여자로군" 하고 피식 웃기까지 했다.

이렇듯 기껏 아내의 자랑으로부터 새로이 얻은 지식이라 해봐야 불행히 그에게 별 보람이 없어서 결국 그리 유쾌하지 못한 취미를 가진 위태로운 여자로밖엔 남을 게 없었다.

이런 일이 있고 난 후에도 아내는 이따금 그에게 탓을 했기에 나중엔 그도 '정말 안 오나 보다' 하고는 우습게도 일종의 섭섭함 혹은 미안함 같은 생각을 가지기도 했으나, 아내의 예상과 달리 그 후 며칠이 못 가 정예는 다시 왔던 성싶다.

차차 신록이 짙어져 오고 꽃이 피고 할 때쯤 그도 두 사람 틈에 끼어 제법 어깨를 나란히 하고 거리를 돌아다닌 적이 한두 번은 없지도 않으나 그는 역시 무심하려 했다.

정예는 처음 받은 인상과 같이 비교적 과묵한 편이었다. 조금도 명랑하지 않을뿐더러 몸이 성찮아 그런지는 몰라도 이따금 이상하게 허망한 얼굴을 하기도 해서 이것이 그의 일종 퇴폐적인 애착을 끌기도 했으나, 어쩐지 이러한 한 꺼풀 밑엔 짙은 원색(原色)과도 같은 꽤 섬찟한 무엇이 꼭 있을 것만 같았다. 그가 일부러 저편의 존재를 무시한 때가 정예에게서 이러한 것을 본 때이기도 하지만, 아무튼 그는 분명히 무슨 허방이 있을 것 같은 근처엔 일부러 가까워지기를 꺼려했다고 지금도 생각한다.

어느 날 아내는 저녁을 치르자 "요번 일요일엔 영화 구경 갑시다" 하고 그에게 말을 했다.

그는 아내의 말에 또 정예와 같이 가자는 것이라 생각을 하면서, "무슨 일로 줄곧 같이 다녀야만 해" 하고는 제법 아내 말을 거절하려 하니까 아내는 이날도 무언가 불평을 품은 채, "그 같이 좀 다니면 무슨 지체가 떨어지우? 관두시구려 우리끼리 갈 테니" 하고 끝내 뾰로통했다. 이래서 아내는 일부러 정예에게 엽서를 내는 모양이었으나 다가온 일요일 날 정예는 웬일인지 오지 않았다. "얘가 웬일일까?" 하고 기다리는 아내 말에 "그 잘됐군" 하고 놀려주면서 그도 이날은 종일 집에서 하루를 보낸 셈이다.

이튿날 그가 회사에 가보니 웬 낯선 글씨의 편지 한 장이 다른 편지들과 섞여 있었다. 다시 한번 살펴봤으나 역시 잘 모를 편지였다.

그는 일부러 맨 나중으로 편지를 뜯었지만 편지는 그가 처음 막연히 예감한 바 그대로 정예에게서 온 것이 분명했다. 그러나 내용은 별 게 아니어서 잠깐 상의할 말이 있어 만나고 싶단 것과 몸이 불편해 찾아가지 못한다는 것을 말한 후 만날 장소와 시간을 알린 극히 간단한 편지였다.

처음 그는 그리 대뜸 유쾌하지 못했다. 그러나 뭘 불쾌히 생각하기엔 너무 수월하게 말한 기탄없는 편지였기에 차라리 까다롭게 생각하려는 자기 마음이 오히려 쑥스러운 것 같아서 나중엔 자기도 여기에 되도록 평범하려 했다.

이날 집에 돌아와서도 그는 아무렇지 않은 양, "당신 동무한테서 편지 왔습디다" 하고 편지를 내놓으면서 마치 아내에게 온 편지나 전하듯 무심하려 했다.

아내가 자기에게 온 것이 아닌 줄 알고 좀 의아한 듯이 "무슨 일일까, 신병에 대한 이야긴가?" 하고 의심쩍어하는 것을 그가 짐짓, "병에 대한 거라면 의사가 있지" 하고 말을 받으려니까, 아내는 "아무튼 어째서 편지를 했든지 그 애로서 할 만해서 했을 테니까 가보시구려" 하고는 역시 동무의 역성을 들었다.

이래서 그는 맘속으로 아내는 아직 한 사람의 여자로선 너무 어리다는 것을 느꼈으나 또 이처럼 어린 아내의 순탄하고 단순한 맘씨를 이제 자기가 앉아서 이대로 받는 것이 옳으냐 그르냐 하는 것은 둘째 문제로, 아무튼 이날 그는 이렇게 되어 정예를 만나러 간 것만은 사실이다.

그가 전차에서 내려 정예가 기다리고 있을 본정통 어느 찻집에 들어섰을 땐 거의 여덟 시가 가까워서다.

정예는 들어가는 초엽 왼편에 자리를 잡고 앉아 있었기에 쉽사리 알아볼 수가 있었으나, 어쩐지 처음 그렇게 봐서 그런지는 몰라도, 편지와는 좀 달리 정예는 약간 당황한 듯이 인사를 했다.

그도 별말 없이 인사를 받았으나 기왕 왔으니 설사 저편이야 어떤 태도로 나오든 자기만은 되도록 그야말로 기탄없이 대해야 하겠다고 생각하면서 그는 먼저 몸의 형편을 물은 후 아내도 몹시 염려한다는 것과 그래서 오늘 같이 나오려다 못 왔다는 이야기를 제법 무관하게 늘어놓은 셈이다.

이랬는데도 정예는 웬일인지 이러한 이야기엔 별 흥미가 없다는 것처럼 그저 허투루 네, 네, 하고 대답할 뿐 무슨 이렇다는 이야기를 먼저 꺼내진 않았다. 이리되면 누가 만나자고 한 사람인지 알 수가 없어진다.

그가 차차 말을 잃고 거의 싸늘히 식은 찻잔에 다시 손을 가져갈 무렵 여자는 "나가실까요?" 하고 별안간 말을 건넸다.

그는 얼결에 "네" 하고 대답을 했으나 본정통 입구를 돌아 나오면서 그는 다시금 의아하지 않을 수 없었다. 그러나 이렇다고 뭘 내색할 수도 없었으므로 그저 갈 곳을 잃은 채 덤덤히 여자를 따라 걸었다.

두 사람이 남대문통으로 해서 부청 앞 넓은 길을 잡고는 다시 광화문통을 바라보고 걷기 시작했을 때 그는 끝내, "내게 무슨 할 얘기가 있었어요?" 하고 물어볼 수밖엔 없었다.

정예는 잠깐 주저했으나 이내, "얘기 없었어요"

하고 비교적 똑똑하게 대답을 했다.

두 사람은 다시 잠자코 걷기 시작했다.

그는 속으로 다시금 이상한 여자라고 생각했다. 그러나 이러한 때 느껴지는 '이상한 여자'란 분명히 존경할 수 없음에도 불구하고 끝내 그의 이상한 호기심을 일으켰던 것이고, 또 이 호기심이 지금까지 가져온 그 마음의 어느 까다로운 일부분을 헐어버린 것처럼 그는 다시 말을 이었다.

"하실 말씀이 있다고 편지를 내시고서……" 하고 짐짓 건너다보려니까, "거짓말이에요" 하고 대답하면서 여자는 태연했다. 이리되면 다음으로 물을 말은 '왜 거짓말을 했느냐'는 것이겠으나 그는 어쩐지 이 말을 얼른 물을 수가 없었다.

광화문통을 지나 거의 총독부 앞까지 왔을 때 전차를 타느냐고 그가 물으니까 정예는 그냥 걸어가겠다고 대답했다. 효자정에 집을 둔 그는 가회정으로 가야 할 정예를 앞에 두고 잠깐 망설이지 않을 수 없었다. 이것을 정예도 알았던지, "전 산으로 해서 가야겠는데, 별일 없으시면 같이 산으로 해 가시

지요" 하고 말을 했다. 역시 전날 편지로 말할 때처럼 예사로운 투다.

그는 조금 전부터도 그러했지만 이 여자의 어떠한 태도에도 자신 역시 되도록 예사로우려고 하면서, "그래도 좋습니다" 하고는 쉽사리 대답했다.

경복궁의 긴 담을 끼고 삼청동을 들어 가회정으로 넘어가는 널따란 길을 걸으면서도 두 사람은 별로 말이 없었다. 그는 이따금 우습게 못마땅해지는 감정을 느끼기도 했으나, 그저 하는 대로 두고 볼 작정이었다.

길이 변해서 가회정 쪽으로 기울어질 때쯤 정예가 "이젠 혼자 가도 괜찮습니다" 하고 돌아섰다.

그도 그저 그러냐는 듯이 따라서 걸음을 멈췄으나 한순간 이상하게 어색한 분위기를 느끼며 그냥 서 있으려니까, "괜히 고집을 부려서 미안합니다" 하고 정예가 그 약간 허망한 투로 말을 했다.

그는 잠자코 있을까 하다가 이러한 경우에 '고집'이라니 생각할수록 하도 용하고 재미있는 말이어서 "왜 그런 고집을 부렸소?" 하고 짐짓 물어본다.

그랬더니 "이상하세요?" 하고 정예가 다시 물었다.

그는 정예에게 배워서 자기도 일견 솔직한 체, "네" 하고 대답해 본다. 그러나 의외로 이 말에 정예는 "나빠요" 하면서 거의 쏘아보듯 그를 쳐다봤다. 그는 이 애매한 말에서 희한하게도 지금 정예가 자기를 나쁜 사람이라고 비난한다는 것을 곧 알아챘으나 얼결에 자기도 모르게 "글쎄올시다" 하고 눙치지 않을 수가 없었다.

지금 생각해도 이때 정예에게 당한 꾸지람은 참 억울한 것이다.

그는 이날 밤 돌아와 자리에 누워서도 정예와 주고받은 말이 좀체 사라지지 않았다. 아무튼 이상한 여자인 게, 제 말에 비춰서 본다면 결국 석재로 인해서 정예 자신이 어떤 박해를 당하고 화를 입고 말 거라는 것인데, 이처럼 모든 것을 미리 잘 안다면 뭐 하러 이런 방식으로 굳이 제 손으로 함정을 판단 말인가. 얼른 생각해 봐도 무슨 성격이 이런 성격이 있을 것 같지도 않고, 또 장난이라면 이건 너무 정도를 넘어 고약하다.

'두고 보리라.'

그는 결국 이렇게 생각한 후 이런 형태로 내달은 여자라면 응당 머지않아 다시 말이 있으리라 짐작했다.

그러나 그 후 정예에게선 웬일인지 일절 소식이 없었다. 일주일이 지나고 한 달이 지나도 전혀 소식이 없었다.

그는 이상하게 궁금해지는 심사를 겪지 않는 바도 아니었으나 역시 두고 볼 일이었다.

일 년이 지나갔다.

그동안 부부는 정예가 결혼을 하고 다시 이혼을 했다는 소식을 들었으나 그런 일이 있고 난 후로는 그도 아내도 정예 이야기를 꺼내진 않았다.

그랬던 것이 단 한 번 아내가 죽기 전 어느 비 오는 날 밤에 아내는 별안간, "정예 못 봤어요?" 하고 물은 적이 있다. 이때 그는 어쩐지 맘이 몹시 언짢았다.

여태껏 한 번도 그에게 묻지 않은 것을 봐서 아내

에겐 제일 묻고 싶었던 말인지도 모르고 또 그처럼 꺼리는 말을 이제 하게 되는 것이 어째 불길한 징조 같기도 해서 그는 짐짓 아내 옆으로 가까이 가, "보다니 어디서 봐?" 하고 도리어 물어보면서 "봤으면 내 얘기 않았으려구" 하고 웃어 보였다.

"혹 길거리에서라도 못 봤나 해서" 하고 아내도 따라 웃었으나, 이때 그는 무언가 아내에게 몹시 잘못한 것 같은 생각이 앞서서, "그깟 이야기를, 무슨 그따위를……" 하고 자기도 모를 말을 중얼거렸다. 그러고는 창 옆으로 가 담배를 집었다. 밤은 옻칠한 듯 검고 비는 쉴 새 없이 내리고……. 이따금 병실을 오가는 간호부들의 바쁜 걸음이 더 기막히게 싫은 밤이었다.

아내는 그가 뭐라고 하든, 정예와 자라던 여러 가지 그리운 기억을 혼자 속삭이듯 도란도란 이야기하면서 "그래도 걔가 착한 데가 있다우. 다음에 만나거든 다정히 하세요" 하고 말을 해서 그는 끝내 화를 내고 말았다.

거의 땅거미가 잡힐 때쯤 해서 그는 풀밭을 일어

섰다.

어떤 일본인 노인이 손자뻘이나 되는 어린애를 앞세우고 제바람에 꼬리를 물고 달리는 점박이 삽살개를 놀리며 저리로 가는 게 보인다.

그는 어린아이의 뒷모양에서 지금쯤 라디오 가게 앞에서나 우체통 앞에서 할머니를 따라 놀고 있을, 아들 영이를 생각하면서 그대로 걷기 시작했다.

그러나 이날따라 영이는 라디오 가게 앞에도 우체통 앞에도 놀고 있지 않았다.

그가 새로이 아버지다운 불안을 안은 채 총총히 집에 들어서려니 의외로 어머니가 "애 손님 오셨다" 하고 마중 나왔다.

뒤를 따라 정예가 영이를 안은 채 "이제 오세요?" 하고 인사를 한다.

그는 한동안 어이없이 그저 보고만 있었으나, 옆에 어머니 역시 어리둥절해 있는 것을 느끼자 "여길 오셨군요. 언제 오셨어요?" 하고 그도 인사를 한 셈이다.

두 사람은 어머니와 영이를 사이에 두고 같이 저

녁을 먹고 밤이 깊도록 놀았으나 정예가 어머니와 아내의 이야기를 했을 뿐 별로 말을 나누진 않았다.

마침내 어머니가 영이를 재우겠다고 안방으로 건너가신 후 방 안은 더욱 거북한 분위기여서 그는 뭐라고 말을 나누고도 싶었으나 도대체 할 말이 없었다.

정예 역시 이러했던지 결국 이야긴 그가 먼저 꺼낸 셈이다.

"낮에 편지를 받고 마침 급한 일이 생겨서 미안하게 됐습니다. 이사를 해서 집을 모르실 텐데 어떻게 찾았습니까?" 하고 물어봤더니 정예는 어제야 죽은 아내의 소식을 듣고 그 전 집으로 갔었다고 하면서 "걔가 어떻게 그렇게……. 무슨 그런 일이……" 하고는 석재가 먼저 무슨 말이든 꺼내기를 기다렸다는 것처럼 제 말을 시작했다. 어디까지 띄엄띄엄 끝을 맺지 못하는 정예 말에서 그는 지금 정예가 아내의 죽음을 대단히 슬퍼한다고 생각하면서 자기도 말을 잃은 채 "글쎄올시다" 하고만 있으려니까, "오늘도 관둘까 하다가……" 하면서 여자는 눈물을 글썽인다.

그는 자기도 어쩐지 맘이 언짢아지려고 해서 그저 잠자코 있었다.

조금 후 정예는 죽은 사람이 뭐라고 제 말을 하지 않더냐고 물었다. 그래서 했노라고 대답했더니 무언가 몹시 언짢은 것처럼 정예는 끝내 울고 말았다. 소리를 내어 우는 것도 흐느끼는 것도 아닌 그저 무릎을 세우고 앉은 채, 잠자코 울었다. 다행히 그는 정예의 이마를 고인 두 손이 눈을 가렸기에 맘 놓고 여자의 얼굴을 바라볼 수 있었지만 지금껏 그는 이처럼 마구 쏟아지는 눈물을 본 적이 없다. 그러나 턱으로 뺨으로 함부로 쏟아지는 눈물에 비해, 손끝 하나 움직이지 않는 싸늘한 태도가 어쩐지 여자의 알지 못할 운명 같기도 해서 그는 자신도 모르게 얼굴을 돌리고 말았다.

과연 여자의 울음은 단지 벗을 잃은 슬픔만은 아닌 듯했다.

그는 자신도 점점 어두워지는 마음을 그저 잠자코 있을 수밖에 없었으나, 이러고 앉아 있는 동안

다른 한편으론 일찍이 가져보지 못한 이 여자에 대한 야릇한 불만과 비난의 감정을 어떻게 형용해야 좋을지를 몰랐다.

그는 어떻게 됐든 좌우간 아내로 인해 울기 시작한 이 여자의 울음을 이대로 두고 오래 당하기는 정말 견디기 어려운 노릇이었다. 이렇게 생각한 나머지, "너무 언짢아 마십시오…… 소용없는 일을. 그보다도 그간 뭘 하고 계셨기에 그처럼 뵐 수가 없었습니까?" 하고 말을 해봤다. 그랬더니 과연 이 약간 조소적인 말의 효과는 적실해서 "시골 가 있었어요" 하고 대답하는 정예는 조금 전처럼 몹시 울지는 않았다.

"그래 시골서 뭘 하셨기에…… 서울엔 언제 오셨소?" 하고 그가 다시 물어봤더니 여자는 그저 시무룩이 웃을 뿐 잠자코 있었다. 순간 그는 자기의 이러한 물음에 능히 웃어 대답할 수 있는 그 맘의 상태가 좌우간 싫었다. 그는 끝내 이상한 미움을 느끼며 "그간 이야기나 좀 들읍시다" 하고 짐짓 건너다봤다. 그랬더니 여자는, "다 아시면서……" 하고 여전히 같은 태도다. 이래서 그는 끝내 몹시 타락한 여자라고 생각을 했고 또 이런 생각이 들었기 때문에 차라리 이 여자에게 너그러우려고도 했으나 어쩐지 이보다는 무언가 불쾌한 감정이 앞섰다. 그는 자기도 모르게, "하도 호사스러운 얘기가 돼서 원……" 하고는 제법 피식 웃고 말았다.

과연 정예는 많이 변해 있었다. 첫째로 빛깔이 핼쑥할 정도로 희어졌고 성격도 훨씬 달라진 것 같아서, 전처럼 과묵한 인상을 주지도 않았다. 그 대신 전보다는 사뭇 품위가 없고 무게가 없어 보였다.

한동안 말을 잃은 채 앉아 있었으나 다음 순간 우연히 눈이 정예와 마주친 그는 놀라지 않을 수 없었다.

여자는 두 손을 무릎 위에 올려놓은 채 그냥 퀭한 눈으로 맞은편 벽을 보고 앉아 있었으나, 여자의 이 버릇 같은 허망한 얼굴이 만일 예전에는 건방져서 사치한 것이었다면 지금은 그때와 훨씬 달라서 어쩐지 처참했던 것이다.

이내 정예는 "갈게요" 하고 일어섰으나 그는 역시

말을 잃은 채 덤덤히 앉아 있었다. 그러나 조금 후 안방으로 건너가 어머니에게 인사를 하고 잠이 든 영이를 들여다보고 할 때의 정예 얼굴은 그가 의아하리만큼 조금 전과는 사뭇 달라서 일견 명랑해 보이기까지 했다.

그는 다시금 불쾌했다. 조금도 성실치 못한 그저 경박하고 방종한 성격의 표현 같기만 해서 다소 증오에 가까운 감정이 들었으나, 역시 좀처럼 사라지지 않는 것은 조금 전 그 알 수 없는 얼굴이었다. 무언가 후회하는 얼굴이라면 좀 더 치사해야 하고, 이것도 저것도 아니라면 훨씬 더 분별이 없어야 한다.

'후회하지 않는 얼굴……. 싸늘히 밝은 눈으로 행동했고, 그 눈으로 내일을 피하지 않는 얼굴……'

그러나 이렇기엔 좀 더 순수하게 절망해야 할 것 같았다.

그는 여전히 갈피를 잡지 못한 채 정류장까지 정예를 따라 나온 셈이다.

그러나 전처럼 여자가 굳이 이끈 것도 아니고, 오히려 정예는 몇 번 사양까지 했으나 그 역시 그렇게 모질게 굴 흥미도 없어서 그저 먼 곳에 와준 손님을 대접하듯, 만일 여자가 전처럼 산으로 해서 가겠다면 거의 바래다줄 셈으로 경무대 앞길로 들어 걷기 시작했다.

차차 길이 호젓해 올수록 정예는 방 안에서보다 훨씬 말이 많아졌다. 이따금 기탄없는 태도로 지내온 이야기를 하기도 하고 또 제법 가벼운 기분으로 생각하는 바를 토로하기도 해서 흡사 그것이 죽은 아내가 생전에 자기를 대하던 그 솔직하고도 단순한 태도처럼 느껴지자 그는 오히려 싫은 생각이 들기도 했다.

그러나 나중에 정예는 꽤 못 할 말까지 점점 삼갈 줄을 몰랐다.

"연애를 많이 하는 여자는 사실 한 번도 연애를 못 해본 여자일지도 몰라요" 하고 말을 하는가 하면 또 "단 한 사람의 자기 사람을 잃어버린다는 건 큰 약점이에요" 하고는 들어도 모를 말을 그대로 소곤거려서 꼭 딴 사람 같았다.

그가 듣다못해 "그렇다고 숱한 연애를 할 건 뭐

요?" 하고 물어봤더니 여자는 더욱 하염없는 태도로 "쓸쓸하니 말이죠……. 사랑하기만 하면 백 년 천 년 보지 않아도 된다는 건 거짓말이었어요" 하고 잠깐 말을 끊었다가 다시 "참는다는 건 자랑이 있는 사람의 일일 테고, 또 자랑이 없는 사람은 외로워서 쓸쓸할 테니 그 쓸쓸한 걸 이겨나갈 힘도 없을 테고……. 그러니까 결국 아까 말한 그런 약점이란, 어리석은 여자에겐 운명처럼 두려운 것이에요" 하고는 혼잣말처럼 중얼거리기도 했다.

그가 "쓸쓸하니 말이죠……" 하고 말하는 여자의 음성에서 이상하게 측은한 정을 느끼며 그냥 잠자코 있으려니까, "사람을 진정 좋아하는 마음이란 그리 수월치가 않아서 무작정 보고 싶으니 말이죠……. 이를 거역하자면 저를 상하게 할밖에 도리가 없으니 말이에요" 하고 정예는 여전히 같은 태도로 이야기를 계속했다.

그는 여자의 이러한 대담한 이야기가 지겹게 느껴졌다거나 반대로 무슨 감동을 주었다기보다도, 흔히 서양 여자들에게 많다는 무도병(舞蹈病)이란 병처럼 이 여자에게도 무슨 고백병(告白病)이라는 게 있지나 않나 싶어 차라리 의아할 정도였다. 그러나 한편으론 언젠가, "걘는 제가 남을 사랑할 때라도 무사한 편보다는 까다로운 편을 취하는 성격이래요" 하던 아내의 말이 떠오르자 어쩐지 한 소녀의 당돌한 욕망이 훨씬 사나운 현실에 패한 뒤의 폐허를 보는 듯해서 싫었다.

얼마를 왔는지 길이 세 갈래로 된 곳에 이르자 "이리로 해서 전차를 타겠어요" 하는 정예 말에 그는 비로소 얼굴을 들었다. 그러나 뜻밖에도 눈물에 마구 젖은 여자의 얼굴에 그는 다시금 놀라지 않을 수 없었다.

정말 생각지 못한 일이다. 그는 처음부터 여자가 울면서 이야기를 했다고는 암만해도 믿어지지 않았다. 그는 여자가 새로이 알 수 없어지는 한편 이상하게도 맘이 무거워짐을 느꼈다.

두 사람이 피차 말을 잃은 채 경복궁의 긴 담을 끼고 거의 반이나 내려왔을 때다.

정예는 다시 말을 이었다.

"인생이란 어떤 고약한 사람에게도 역시 소중하

고 고귀한 것인가 봐요. 아무리 가혹한 운명이라도 이것을 완전히 뺏지는 못하나 봐요. 죽기 전 꼭 한 번 뵙고 싶었어요. 뵙고는 제일 고약하고 흉한 나의 이야기를 단 한 분 앞에서만 하고 싶었어요" 하면서 역시 아까와 같은 어조로 도란도란 이야기했다.

그는 머리를 숙인 채 맘속으로 지금도 정예가 울면서 이야기를 할 것이라고 생각했다. 왠지 더 참을 수가 없었다. 당장 손이라도 붙잡고 숱한 이야기를 하고 싶은 이상한 충동을 순간 느꼈으나 역시 뭐라 표현할 말이 없었다.

그는 끝내 "얘기 관둡시다……. 내가 고약한 사람일 거요. 그리고 당신은 흉하지도 아무렇지도 않소" 하고는 자기도 모를 말을 중얼거렸다. 그러고는 비로소 처음으로 여자의 얼굴을 정면으로 바라보았다.

그러나 여자는 그의 말을 조금도 믿지 않았다. 믿지 않는 것을 그는 여자의 얼굴에서 보았다.

길이 거의 끝날 때쯤 해서 두 사람은 똑같은 말로, "또 뵙시다" "또 뵙겠어요" 하고 마지막 인사를 주고받았으나 전차가 떠날 때쯤 해서 어쩐지 그는 다시 정예를 못 볼 것만 같았다.

그는 자기도 모르는 사이 초조한 걸음으로 몇 발자국 앞으로 내달으며 제법 커다랗게 여자를 불러 봤다. 그러나 이미 정예가 알 턱이 없었다.

마침내 그는 오던 길을 향해 발길을 돌이켰다. 정말로 지루한 걸음이었다. 이날 들어 벌써 세 번째 오르내리게 된 똑같은 길은, 그 나자빠진 꼴이 천생 음흉하기 짝이 없었다.

그가 여전히 참기 어려운 역정을 품은 채 돌층계를 반이나 올라왔을 때다. 드디어 그는 맘속으로, '정예는 제 말대로 흉악할지는 모른다. 그러나 거지는 아니다. 허다한 여자가 한껏 비굴함으로 겨우 흉악한 것을 면하는 거라면, 여자란 영원히 아름답지 말란 법일까?' 하고 중얼거렸다.

그러나 다음 순간 눈앞엔 어느 거지 같은 여자보다도 더 거지 같은 딴 것이 싸늘한 가을바람과 함께 그의 얼굴에 부딪혔다.

# 산길

신발을 신고, 대문께로 나가는 발자취 소리까지 들렸으니 뭘 더 의심할 여지도 없었으나, 순재는 일부러 미닫이를 열고 남편이 있나 없나를 한 번 더 살핀 다음 그제야 자리로 와 앉았다.

앉아선 저도 모르게 호, 한숨을 내쉬었다.

생각하면, 남편이 다른 여자를 사랑한다는, 이 거추장스러운 문제를 안고, 비록 하룻밤 동안이라고는 하지만, 남편 앞에서 내색하지 않은 것이 도리어 의심쩍을 일이기도 하다. 그러나 한편 순재로선 또 제대로 여기에 대한 다소간이나마 마음의 준비 없이 뛰어들 수는 없었던 것이다.

아직 단출한 살림이라 아침 햇살이 영창(映窓)에서 쨍 소리가 나도록 고요한 낮이다.

이제 무엇보다도 사태와 관련해 자기 처신에 대한 것을 먼저 정해야 할 일이었으나, 웬일인지 그는 모든 것이 한껏 붐비고 어지럽기만 해서 막상 머리에 떠오르는 생각이라는 것이 기껏 어제 문주와 주고받은 이야기의 내용이었다.

바로 어제 이맘때 일이다.

일요일도 아닌데 문주가 온 것도 뜻밖이거니와, 들어서며 참으로 그 난처해하는 표정이라니 예전의 문주를 두고는 상상할 수 없는 것이었다.

학교는 어쩌고 왔느냐고 순재가 말을 건네도 그저 "응? 엉" 하고 대답할 뿐, 통 그 말에는 정신이 없었다. 그러더니 별안간 "너희 분 그동안 늦게 들어오지 않았니?" 하고 불쑥 묻는 것이다.

순재는 잠깐 어리둥절한 채 "그건 왜 묻니?" 하고 물어볼 수밖에 없었다.

"그래 넌 조금도 몰랐니."

문주는 제 말을 계속한다.

"모르다니, 뭘 몰라?"

"연희하고 만나는 걸 말이다."

"연희하고?"

순재는 무언가 직감적으로 가슴이 철렁했다. 그러나 너무도 꿈밖이고 창졸간이라, 어찌 된 셈인지 도무지 헤아리기가 어려웠다.

"벌써 퍽 오래전부터래."

문주는 처음 말을 시작하느라 긴장했던 마음이 잠깐 풀려 그런지, 훨씬 풀이 죽어 대답했다.

"누가 그러던?"

다시 순재가 물은 말이다.

"연희가 그랬다."

"연희가?"

"그럼."

순재는 한순간 뭐라고 말을 할 수가 없었다.

문주가 말을 꺼내기도 벼락으로 꺼냈거니와, 너무도 거창한 사실이 그야말로 벼락으로 앞에 와 나자빠진 셈이다.

말없이 앉아 있는 순재를 보자 "어떻게 얘기를 꺼내야 할지 잘 엄두가 나지 않아서 주저했지만, 언제까지 모를 것도 아니고, 그래서 오늘은……" 하고, 이번엔 문주가 말을 시작했다.

"그래 오늘에서야 알리러 왔단 말이냐?"

순간 그는 여태껏 막연했던 남편에 대한 분함과, 연희에 대한 노여움이 한꺼번에 쏟아진 것처럼 애꿎은 문주를 잡고 잠깐 언성을 높였다.

"나무란대도 할 말은 없다만, 사실은 너 때문에만이 아니고 연희 때문에도……. 저야 무슨 짓을 했건 나를 동무로 알고 이야기하는 것을 내 바람에 말할 순 없지 않니?"

문주는 처음과는 달리 훨씬 말이 찬찬해졌다.

"연희만이 동무냐?"

순재는 여전히 말소리가 어지러웠다.

"혹 너가 먼저 알고 물어봤다면, 연희 말을 너한테 못 하듯 나는 너를 속이지도 못했을지 모른다."

"지금은 물어봐서 얘길 하니?"

이번엔 순재도 비교적 침착했다.

"너가 묻기 전에 먼저 연희가 부탁했다."

"나한테 알리라고?"

두 사람은 잠깐 동안 말이 없었다.

"나한테 알리란 부탁까진 난 암만 생각해도 잘 알 수가 없다. 연희한테 가거든 장하다고 일러라."

순재는 끝내 내뱉듯 일어섰으나, 다음 순간 어디로 가서 뭘 잡아야 할지 마음이 복잡한 그대로 다시 자리에 앉고 말았다.

"이런 것을 혹 운명이란 것에 돌린다면 누구 한 사람만 단지 미워할 수는 없을 거다."

조금 후 문주가 건넨 말이다.

순재는 얼른 대꾸가 없었으나, 이 순간 그에게 이것은 분명히 역한 수작이었다. 사실 그는 몹시 역했기 때문에 훨씬 침착할 수 있었는지도 모른다.

제법 한참만에서야 순재는 "누가 미워한다디?" 하고 말을 받았다.

"이따금 몹시 미우니 말이다."

두 사람은 다시 말이 없었다.

순재는 평소에 문주를 자기네들 중 제일 원만한

성격으로 보아왔었다. 그렇기에 누구보다도 공평한, 때로는 어느 남성에게도 지지 않을 좋은 판단과 이해력을 가졌다고 믿어왔었다. 그러나 어쩐지 이 순간만은 이것을 그대로 받을 수가 없었다. 이제 자기를 앞에 두고 홀로 침착한 그 태도에 감출 수 없는 적의를 느낀다기보다도 점점 편안해지고 차근차근해지는 말투까지가 더할 수 없이 비위를 거슬렀다.

"얘기 더 없니?"

급기야 순재가 건넨 말이다.

"혼자 있고 싶으냐?"

문주가 도로 물었다.

순재는 뭔지 더 참을 수가 없었다.

"가라!"

지극히 멋없는 말이었으나, 문주는 별로 아무렇지도 않은 양, 가만히 웃을 뿐이었다.

그 웃음이 결코 조소가 아닌 것을 알면서도 그는 웬일인지 거듭 더 참을 수가 없었다.

책상 위에 턱을 고인 채 순재는 여전히 새초롬하니 앉아 있었다. 문득 창 너머로 앞산이 성큼 다가온 듯 가깝다.

순재는 예전에 이렇게 앉아서 보는 산이 그리 좋지가 않았다. 무엇보다 그 너무 차고 쇄락한 것이 싫었다. 그러나 이제 이러고 앉아 있는 동안 웬일인지 산은 전과 달리 뭔지 아늑하고 너그러운 것 같기도 해서 다시 이것을 잡고 한 번 더 바라다보려는 참인데 퍼뜩 마음 한 귀퉁이를 스치는, 산은 사람보다도 오랜 마음과 숱한 이야기를 지녔을 게다, 하는 우스운 생각과 함께 별안간 덜미를 쥐고 덤비는 고독을 그는 한순간 어찌할 수가 없었다.

조금 후 그는 처음으로 남편이 자기와 관련되어 머리에 떠오르는 것이었으나, 역시 모를 일이다. 평소 남편을 두고는 도저히 상상할 수도 믿을 수도 없는 일이다.

그러나 생각하면 이제 순재로서 믿기 어렵다는 뜻은 남편으로서 그런 짓을 해서는 못쓴다는 의미도 될지 모르고, 또 이것은 두 사람의 마음의 평화한 요구이고 거래일지도 몰랐다. 하지만 가령 이 믿을 수 없는 사실이 기실 믿어야만 할 사실일 때는 두 사람은 벌써 그 마음의 거래를 달리할 수밖에 없다. 이러기에 만일 이것이 정말이라면 지금 스스로 감당해야 할 노여움이라든가 곤란한 감정도 기실은 군색하기 짝이 없는 것이니, 노여움의 감정이 또 하나의 구원의 표정이기도 하다면 좋으련만. 이제 그로서 남편에게 뭘 바라고 요구할 하등의 묘책이 없는 것이다.

생각이 점점 이렇게 기울수록 그는 무슨 타산에서보다도 아직 흐리지 않은 젊은 여자의 자존심으로 해서도 연희에게는 물론, 남편에게까지 뭘 노하고 분해할 면목이 없고 염치가 없을 것만 같다.

순재는 그대로 앉은 채 여전히 생각을 복잡하게 하고 있었다.

어머니가 그리운 것도 같은 묘한 생각이 들면서 짐짓 죽은 벗이라든가 앓는 벗들의 쓸쓸한 자취를 더듬고 있었으나, 역시 그리 간단치 않고 만만치 않은 것은 남편이었다. 설사 순재로서, 그분은 '남편'

인 동시에 '자기'였던 것이고 연희는 내 동무인 동시에 아름다운 여자였다고 마음을 도사리기야 그리 어려울 것도 없었으나, 문제는 이게 아니라 이제 남편에게까지 이 싸늘한 이해를 하지 않고는 당장 저를 유지할 수 없는 사정이 더할 수 없이 유감스러운 것을 넘어 야속하기 짝이 없다.

순재는 자기도 모르는 사이 '저를 의지하려는 마음이 남을 의심할 때보다 더 괴로운 이유는 대체 어디 있는가?' 하고 가만히 일러보는 것이었으나, 생각이 예까지 미치자 그는 웬일인지 몹시 피곤해져서 암만해도 뭘 더 생각해 나갈 수가 없었다.

베개를 내려 베고 뭘 꼬집어 생각하는 것도 없이 멍청히 누워 있으려니 "아주머니 점심 차려 와요?" 하고 심부름하는 아이가 문을 연다. 그는 관두라고 하려다가, "그래 가져온" 하고 대답했다. 그러나 쪼르르 저편으로 가던 아이가 되돌아오면서, 누군가 "김순재 씨 댁이에요?" 하고 외치는 소리가 들린다.

갑작스러운 용달이었다.

그는 편지를 손에 든 채 잠깐 주저했으나, 뜻밖에도 연희에게서 온 것을 알자, 놀라지 않을 수 없었다.

남편이 사랑하는 여자가 연희인 것을 어제 문주에게 들어 처음 알기는 했으나, 근 두 달 동안이나 무단으로 소식을 끊고 궁금함을 끼치던 연희를 두고는 차마 믿기 어려웠던 것처럼, 그는 다시금 아연해질 뿐, 미처 두서를 잡을 수가 없었다.

'무슨 까닭으로 편지는 했을까?'

그는 겉봉을 찢으면서도 종을 잡을 수가 없었다.

그러나 편지는 지극히 간단해서 '가(街)'라는 찻집에서 기다릴 테니 네 시 정각에 꼭 좀 만나달라는, 이것이 그 전부요 내용이었다.

쭈뼛이 서 있던 심부름꾼이 "가랍니까?" 하고 회답을 재촉했을 때야 비로소 그는 "전했다고 이르시오" 하고 방으로 들어왔다.

막 자리로 와 앉으려고 하는데, 이번엔 객쩍으리만치 "너니 나니 하고 어려서부터 자라온 동무는 아니래도 그래도 친했는데……" 하는 당찮은 생각 때문에 한동안 그는 모든 것이 그저 야속하기만 했다.

"친했음 어쩌란 말야."

그는 다시 중얼거려 보는 것이었으나 역시 무심해야 할 일이었다.

순재는 좌우간 아직 시간이 많이 남은 것을 다행으로, 아까처럼 베개를 베고 드러누웠다.

오도카니 천장을 향한 채, '어제 문주는 무슨 이야기를 하려고 했던가? 혹 문주는 여기서 바로 연희에게 갔는지도, 또 오늘 연희가 만나자는 것은 어제 문주를 만났기 때문인지도 모른다'라는, 이러한 생각을 한참 두서없이 늘어놓고 있는 참인데 웬일로 눈앞에 연희가 별안간 뛰어드는 것이다.

허둥허둥 연희를 좇아 달음질할 수밖엔 없었다.

아무리 보아도 그 시원스러운 눈하고 뭔지 겁이 많을 것도 같은 이쁜 입매라서, 대체 그 어느 곳에 이처럼 비상한 용기와 놀라운 개성(?)이 들어 있었는지 암만 생각해도 모를 일이다.

그는 여전히 이 당돌하리만큼 정면으로 다가서는

아름다운 여자를 눈앞에서 놓치려곤 않았다.

하긴 지금 순재 앞에 있는 이 짧은 편지로도 능히 지금 연희가 무엇에도 누구에게도 조금도 구애받고 있지 않단 것을 알아내기엔 그리 어렵지가 않을 뿐더러, 만일 연희가 아무런 질서에도 하등의 구속 없이 있는데 순재가 굳이 완고하단 건 어리석은 일이다. 설사 순재의 어떤 고집스러운 비위가 만나기를 꺼리는 경우라 해도 연희가 만일 저편이 노한 것이라고 생각을 한다면 이건 당찮은 수다.

순재는 벌써 노하는 편이 약한 편인 것을 잘 알고 있기 때문이다.

거의 한 시간이나 일찍 순재는 자리에서 일어났다.

화장도 하고, 일부러 장 속에 있는 치마까지 내어 입었다.

그리고 한 번 더 거울을 본 다음에 집을 나섰다.

그러나 붐비는 거리만은 그래도 싫었던지, 광화문통에서 내려 황금정으로 가는 전차를 바꿔 탔다.

타고 가다가 어디서고 길이 과히 어긋나지 않을 지점에서 어느 좁은 길로 해 찾아갈 요량이다.

봄날이라고는 해도 이제 막 한식(寒食)이 지났을 뿐, 더욱이 해 질 무렵이라 그런지 아직 겨울인 듯 쌀쌀하다.

두 여자는 여전히 말을 잃은 채 소화통으로 들어, 다시 산길을 잡았다.

순재는 조금 전 찻집에서도 그러하였거니와, 이제 거듭 보아도 연희는 그동안 놀랄 만치 이뻐진 대신, 또 놀랄 만치 자기와는 멀어진 것만 같다.

단 두 달 동안인데 그처럼 가깝던 동무가 대체 무슨 조화로 이처럼 생소하냐고 스스로 물어본댔자 그저 당장 기이할 뿐이다.

만나면 손이라도 잡고 반겨야 할 사람이 제법 정중히 일어선 채 깍듯이 예를 갖춰 인사하는 품이, 비록 순재로 하여 얼굴이 붉어지는 쑥스러움을 느끼게 했다고는 할망정 웬일로 자기 역시 전처럼 대답할 수 없었던 것도 이 기이함의 하나였거니와, 이러한 종잡을 수 없는 느낌이 한데 뭉쳐 점점 어두워지고 무거워지는 마음 위에 급기야 모든 것이 한껏 너절하게만 생각되는, 보다 먼 곳에의 고독감도 결국 이 순간에 있어 기이한 현상의 하나였다.

한동안 그는 아무것에도 흥분하고 싶지 않은 야릇한 상태를 겪으며 잠자코 걸었다.

어디를 들어왔는지 두 여자는 수목이 짙은 좁다란 길을 잡고 개천을 낀 채 올라 걸었다. 방금 지나온 곳이 유달리 번화한 거리라서 그런지 바로 산골짝인 듯 호젓하다.

"나 인제 새로이 뭘 후회하고 있진 않습니다. 단지 여태 잠자코 있어 괴로웠을 뿐예요" 하고 비로소 연희가 말을 건넨다.

순재는 여전히 쑥스러운 채 "잘 압니다" 하고 연희 말에 대답을 했으나, 뭘 잘 안다는 것인지 스스로도 모를 말이다.

"날 비난하시려거든 맘대로 하세요. 하지만 이제 내게도 말이 있다면 그분을 사랑했다는 것, 사랑 앞에서 조금도 거짓말을 하지 않았다는 것입니다."

연희는 다시 말을 이었다.

순재는 연희가 전과 달리 몹시 건방진 것 같아서

그것이 가볍게 비위를 거스르기도 했으나, 이보다도 무언가 그 말에서 느껴진 절박감 때문에 "네, 잘 알아요" 하고 똑같은 말을 되풀이했다.

그러나 이 약간 조소적인 말에도 연희는 별로 돌아볼 바 없이 "그분을 사랑하고 싶은, 그분이 사랑하는 단 한 사람이고 싶은 마음 때문에 나는 아무 겨를도 없었습니다. 하지만 역시 그분 앞에 아름다운 여자는 당신이었어요" 하고, 똑바로 앞을 향한 채 혼잣말하듯 가만가만 이야기를 계속했다.

순재는 힐끗 연희를 쳐다봤으나 그 깎아낸 듯 선이 분명한 측면 어느 곳에서도 예전의 이쁜 눈이 그저 다정하기만 하던 연희를 찾아낼 수는 없었다.

그가 잠깐 대답을 잊은 채 걷고 있는 동안 연희는 다시 말을 이었다.

"혹 이것이 내 최후의 감상(感傷)일지도, 또 나보다 아름다운 사람에 대한 노여움의 표현인지도 알 수 없으나 아무튼 꼭 한번 뵙고 싶었습니다."

"만나 무슨 이야기를 하려고요?"

비로소 순재가 물어본 말이다.

두 사람은 처음으로 눈이 서로 마주쳤으나 웬일인지 피차 억지로 참으며 무심한 표정이려고 했다.

"글쎄요, 결국 당신이 이겼다는, 내가 졌다는 이야기를 하려고 했는지도요" 하면서 연희는 뭔지 가벼이 웃었다.

순재는 별안간 얼굴이 화끈 달았다.

"그럴 리가 있나요?" 하고 짐짓 눙치면서도 애꿎게 발칵 하는 감정을 어찌할 수가 없었다.

"이제 우리 두 사람을 나란히 세워놓고 누구의 형상이 흉한가 한번 바라다보십시오. 내 모양이 사뭇 고약할 테니."

연희는 여전히 같은 태도로 말한다.

"아내란 훨씬 늙고 파렴치한 겁니다."

순재는 결국 그 노염을 이렇게 표현할 수밖엔 없었으나, 말이 마치자 연희의 표정 없는 얼굴이 무엇엔지 격노하고 있는 것을 놓칠 수는 없었다. 과연 모를 일이다. 이제 막 순재가 한 말은 순재로서 대단히 하기 어려웠던 말일 뿐 아니라 또 어느 의미로 보아선 정말이기 때문이다.

"두 사람의 관계가 이미 삼자로선 상상 못 할 정도로 깊어졌다면 어쩌겠어요?"

잠자코 있던 연희가 별안간 건넨 말이다.

아무리 호의로 해석한대도 이 말까지는 않아도 좋을 말이다. 순간 그의 머리를 스치는, 연희는 내가 얼마나 비겁한가를 자기 나름대로 시험해 보고 싶은 게다, 하는 맹랑한 생각 때문에 그는 끝내 "깊고 옅고 간에 결국 같을 겁니다" 하고 자기도 모를 말을 중얼거렸다.

그러나 이 애매한 말을 연희가 어떻게 들었는지 "그야 그렇겠지만, 난 그것보다도 그분을 얼마나 사랑하는가를 물은 겁니다" 하고 다시 건너다봤다.

순재는 마치 덜미를 잡히고 휘둘리는 사람처럼 당황한 얼굴이기도 했으나 역시, "당신한테 지지 않을 겁니다" 하고 대답할 수밖엔 없었다.

머리를 숙인 채 잠자코 걸으면서도 그는 일이 맹랑하기 짝이 없다. 조금 전까지도 오히려 쑥스러움을 느낄 정도였으니 무엇에 요동할 리 없었고, 또 연희를 만나기까지도 물론 저편이 연희라 다소간의 봉변은 예측한 바로 친대도, 기실 은연중 곤경에 빠질 사람은 연희라고 생각했기 때문이다. 무엇보다도 불쾌한 것은 점점 평온하지 못한 자기 마음의 상태다.

순재가 마음속으로 다시 조금 전 연희가 한 말을 들추고 있으려니, "다른 건 다 이겨도 그분을 사랑하는 것만은 나한테 이기지 마세요, 여기까지 지게 되면 나는 스스로 타락할 길밖에 도리가 없습니다" 하고 무언가 훨씬 서글픈 어조로 연희가 말을 이었다. 그러고는 이내 순재가 뭐라고 대답할 틈도 없이 "그분은 누구보다도 자기 생활의 질서를 소중히 아는 사람입니다. 설사 당신에 비해 나를 더 훨씬 사랑하는 경우라도 결코 현실에서 이것을 표현하지는 않을 겁니다" 하고 제 말을 계속했다. 이제야 이야기는 바른길로 들어섰다. 결국 이 한마디를 하기 위해, 연희는 순재를 불러낸 것인지도 몰랐다.

이리되면 세상 못 할 말이 없다. 순재는 이젠 당황하기보다도 대체 무슨 까닭으로 이런 말을 하는

지가 알 수 없다. 그러나 불행히도 그는 이 욕된 경우에 있을 말의 준비가 없었다. 평소 남편의 사람됨을 보아 방금 연희가 한 말이 정말일지도 모르기 때문이었다.

순재가 여전히 잠자코 있는 것을 보자 이번엔 "아내인 것을 다행으로 아세요?" 하고 연희가 다시 다그쳤다.

순재는 더 참을 수가 없었다.

"꿈에도요!"

"정말요?"

"네."

"왜요?"

"당신과 같은 위치에 나란히 서보고 싶어서요."

"자유로운 선택이 있으라고요?"

"네."

천천히 말을 주고받는 두 여자의 얼굴은 꼭 같이 핼쑥했다. 연희는 한동안 가만히 순재를 바라보고 있었다. 아무 표정도 없었으나 결코 무표정한 얼굴은 아니었다.

순재는 자기도 모르게 얼굴을 떨어트렸으나 순간 굴욕이 이보다 더할 수가 없었다.

조금 후 "무서운 사람이네요. 가장 자신 있는 사람만이 능히 욕을 참을 수 있는 겁니다" 하고 연희가 혼잣말처럼 중얼거렸다.

순재는 거의 지쳐 그대로 입을 다물고 말았으나 연희야말로 무서운 여자였다. 단지 간이 큰 여자가 아니라, 어디까지나 자기를 신뢰하는 대담한 여자다. 인생에 있어 이처럼 과감할 수가 없다. 도저히 그 체력을 당할 수 없어 순재로선 감히 어깨를 겨눌 수가 없었다.

어디를 지나왔는지, 문뜩 널따란 산길이 가로놓였다.

차차 어둠이 몰려와, 근처가 자욱했다.

심부름하는 아이가 일부러 커다란 목소리로 "아주머니 이제 오세요?" 하고 마중 나오는 품이 남편이 돌아온 모양이었다.

이제 막 문밖에서 다짐받던 마음과는 달리 별안

간 두근거리는 가슴을, 그는 먼저 부엌으로 들어가 "벌써 오셨구나! 진지는 어쨌니?" 하는 허튼수작으로 겨우 진정한 후 그제야 방으로 들어왔다.

남편은 두 팔을 벤 채, 맨방바닥에 그냥 번듯이 드러누워 있었으나 웬일인지 아내가 들어와도 모르는 척 그냥 누워 있었다.

순재가 바꿔 입을 옷을 꺼내 들고 나올 때쯤 해서, 그제야 남편은 "어딜 갔었소?" 하고 돌아다봤다.

순재가 다시 들어오려니, 이번엔 철썩 엎어져 누운 채 뭔지 눈이 퀭해서 있다가 "어딜 갔었소?" 하고 한 번 더 묻는 것이다.

"연희가 만나재서 갔댔어요" 하고 아내가 대답을 했으나 남편은 여기에 대한 대답 대신 이번엔 후딱 일어나 앉아 담배를 붙였다. 그러더니 "연희가 당신을 뭣 하러……" 하고 혼잣말처럼 중얼거리면서, "그래 만나서 뭘 했소?" 하고 물었다.

순재는 뭐든 잠자코 있어선 안 된다고 생각하면서도 무언가 지금껏 짓눌렸던 감정이 스스로 위태로워 얼른 말을 꺼낼 수가 없었다.

아내가 잠자코 있는 것을 보자, "괜히 당신한테까지 이런저런 생각을 끼치기도 싫었고, 또 나 혼자서도 충분히 해결 지을 자신도 있고 해서 잠자코 있었으나 결국 사람의 의지란 한도가 있었나 보오. 생각하면 대단히 유감스러운 일이지만 이미 지나간 일이니 이해하시오" 하고 남편은 천천히 말을 시작했다.

순재는 말을 하려면 한이 없었으나 결국 할 말이 없어 역시 덤덤히 앉아 있으면서도, 이제 남편의 말과 연희의 말을 비추어 두 사람의 관계의 끝 간 데를 알기는 그리 어렵지가 않았다.

"사실은 당신으로서 이해하기가 어려운 게 아니라 이해를 암만해도 무사해지지 않는 '마음'이 어려운 거지만, 사람은 많은 경우 힘으로 불행을 막을 수 없는 대신 닥쳐온 불행을 겪는 데 지혜가 있어야 할 거요" 하고 남편은 다시 말을 계속했다.

조금도 옳지 않은 말이나, 역시 옳은 말이기도 한 것이 딱했다. 그는 끝내 참기 어려운 역정으로 해서 자기도 모를 당찮은 말을 "많이 괴로워요?" 하고 좀

스럽게 내던지고 말았다.

남편은 제법 한참 만에서야 "괴롭다면 어쩌겠소?" 하고 되물었다.

"괴롭지 않을 방도를 생각하셔야지."

"괴롭지 않을 방도란?"

"그걸 내가 알 게 뭐예요."

여전히 좀스러운 말씨다.

조금 후 남편은 "당신, 실수라는 것을 생각해 본 일 있소?" 하고 다시 물었다.

"없어요."

"연애란 건?"

"……."

"있을 수 있습디까?"

남편은 다그쳐 물었으나, 그는 잠자코 있었다. 어쩌면 둘 다 있을지도 모르기 때문이다. 그러나 다음 순간 그는 끝내 "그래 실수를 했단 말예요?" 하고 물어볼 수밖엔 없었다.

이 훨씬 조소적인 말을 남편이 어떻게 받는 것인지 "그럼 연애라야만 쓰오?" 하고 마주 보면서, 이번엔 훨씬 혼잣말처럼 "아무것이고 해서는 못 쓰는 겁니다" 했다.

"못 쓰는 일을 왜 했어요?"

"그러게 사과하지 않소."

"사과를 해요?"

"맞았소."

순재는 뭔지 더 참을 수가 없었다. 그는 무슨 까닭으로 이 순간 연희를 생각해 냈는지 "연희가 걔가 무슨 봉변이겠어요……. 당신 걔한테도 나한테도 나쁜 사람이에요" 하고는 허둥허둥 모를 말을 중얼거렸다.

남편은 뭔지 한동안 물끄러미 아내를 보고 있더니 "그래 맞았소, 당신 말이" 하고 대답하는 것이다.

"뭐가 맞았어요. 그런 법이 어디 있어요?" 하고 거의 반항하며 말대꾸를 해도, 남편은 역시 같은 태도다. 그러더니 별안간 "사과할 길밖에 도리 없다는 사람 가지고 왜 자꾸 야단이오? 왜 따지려고만 드오, 따져선 뭘 하자는 거요? 당신 날 사랑한다는 것 거짓말 아니오? 왜 무조건하고 용서할 수 없소?"

하고는 벌컥 하는 것이다.

이리되면 이건 언어도단이다. 너무도 이기적인 것이 그 정도를 넘는다. 그러나 알 수 없는 일은 지금까지의 어느 말보다도 오히려 마음을 시원하게, 후련하게 해주는 것이 스스로도 섬찟하고 남을 일이었다.

밤이 이슥해서 두 부부는 벗처럼 베개를 나란히 하고 여전히 이야기를 주고받았다.

차차 남편은 우스갯소리까지 하는 것이었으나, 순재는 여전히 무언가 맘이 편치 못했다. 이것은 밤이 점점 기울수록 더 날카로워만 갔다.

생각하면 남편은 역시 훌륭하다. 가만히 곁눈질을 해보아도 그 누워 있는 자세로부터 말하는 표정까지 그저 늠름하기 짝이 없다. 만사에 있어 능히 나무랄 건 나무라고 옹호할 건 옹호하고 살필 건 살피고 뉘우칠 건 뉘우쳐서, 세상에 거리낄 게 없다. 어느 한 곳에도 행여 남을 괴롭힐 군색한 인격이 들어 있을 것 같지 않고, 요모조모 뜯어봐야 생채기 한 곳 나 있을 것 같지 않다. 단지 전보다 또 하나의 '경험'이 더했을 뿐, 이제 그 겪은 바를 자기로서 처리하면 그뿐이다.

"연희 보고 싶지 않우?"

쑥스럽고 돌연한 물음이었다. 그러나 남편은 이미 객쩍은 수작이라는 것처럼 시무룩이 웃어 보일 뿐, 굳이 대답하려고도 않는다.

"어째서 그렇게 아무렇지 않냐 말예요" 하고 한 번 더 다그치려니, 이번엔 뭐가 몹시 피곤한 것처럼 얼굴을 찡그린 채 "사랑하는 사람을 두고 또 한 여자를 사랑한다는 건 한갓 실수로 들릴 수밖에. 당신네들 신성한 연애파들이 보면 낯빛을 달리하고 돌아설진 모르나, 연애란 결코 그리 많이 있는 게 아니고, 또 있대도 그것에 분별 있는 사람들이 오래 머물 순 없는 일이거든. 본시 어른들이란 훨씬 다른 것에 많은 시간이 분주해야 하니까" 하고 제법 농담조로 웃으면서, "내가 만일 아무렇지 않을 수 있다면 그것은 당신 덕택일 거요. 하지만 이것보다도 다른 사람들 같으면 몇 달을 두고 법석을 할 텐데,

우리는 단 몇 시간에 능히 화해할 수 있지 않소" 하고 행복해하는 것이었다.

순재는 왠지 기가 막혔다. 세상에 이렇게 자기 편리할 대로라니, 천길 벼랑에 차 떨어뜨려도 무슨 수로든 다시 기어 나올 사람들이다. 그는 그저 잠자코 남편의 이야기를 듣고 있었으나, 다음 순간 '평화란 이런 데로부터 오는 것인가? 평화해야만 하는 부부 생활이란 이런 데로부터 시작되는 것인가?' 하는 알 수 없는 생각에 섬뜩하다. 문득 좌우로 무성한 수목을 헤치고 베 폭처럼 희게 벋어나간 산길을 성큼성큼 서둘러 올라가던 연희의 뒷모양이 눈앞에 떠오른다.

역시 총명하고, 아름다웠다.

누구보다 성실하고 정직했다.

# 종매(從妹): 지루한 날의 이야기

석희가 집으로 돌아온 지 한 반 달쯤 되었을까, 어느 날 그는 숙모가 전하는 종매 정원의 편지를 받았다. 더욱 의외인 것은 방금 병을 몹시 앓는 어떤 화가와 함께 운각사라는 절에 나와 있다는 사연이었다.

그가 편지를 읽는 동안 "얘야, 어떻게 된 일이냐? 종희가 겉봉을 보고 어느 절간에서 보낸 편지라고 하는데 그 무슨 일이냐?" 하고 참다못해 숙모가 말을 건넸다.

"운각사라는 절에 나와 있는 모양인데, 무슨 일로

어떻게 나와 있단 말은 통 없고, 절 보고 곧 좀 와달라는, 오면은 뭐든 다 알 거라는 말뿐이에요."

그는 편지를 접으며 일부러 천천히 조용조용 대답을 했는데도 숙모는 펄쩍하였다.

"원 별일도, 그래 몇 년 만에 만나는 오라범인데, 당장 뛰어 못 오고 앉아서 오라범보고 오라니 그런 버르장머리가 어디 있단 말이냐."

그는 딸의 허물을 이렇게 말하는 숙모 마음이 어쩐지 정다웠다. 여기엔 어려서 어머니를 여읜 그로서 원의 어머니인 숙모의 따뜻한 마음을 받고 자라온 소치도 있겠지만 아무튼 지금 숙모의 말이 의미하듯, 석희는 속으로 은근히 자기가 나오기 전 먼저 원이 귀국하여 기다려 주리라 믿었었고, 또 이러한 기대가 어그러졌을 때 몹시 섭섭했던 것도 사실이나, 이제 이렇게 편지를 읽고 보니 이런저런 논의할 것 없이 대뜸 그리 유쾌한 일이 아니었다. 먼저 사정이야 어떻게 되었든 간에 과년한 여자가 방학하면 곧 집으로 올 일이지, 더군다나 절간 같은 데서 이런 종류의 편지를 내보내고 하는 것이 도대체 신통치가 못하였다. 그러나 신통치가 못하든 어쩌든, 이를테면 신통치가 못하기 때문에 더욱 그로서는 이대로 앉아 누이의 소행을 가만히 보고 있을 수는 없는 것 같은 이상하게 복잡한 심사를 겪으면서, 그는 끝내 "제가 조만간 가보기로 하겠습니다. 그 대신 작은어머니는 누구보고도 아무 말씀 마십시오" 이렇게 잘라서 말을 하였던 것이다.

석희는 "글쎄 말을 하긴 어디다 대고 한단 말이냐. 너희 삼촌께서 아시는 날엔 큰일이 날 거다" 하고 먼저 나서 쉬쉬하는 숙모에게, 우선 집안에서들 이상하게 생각지 않도록 이번 방학엔 시험 때문에 나오지 않는다고 이르라는, 이런 종류의 몇 가지 부탁을 더 드린 후 돌려보낸 셈이다.

집안에서는 진작부터, 큰형과 함께 어느 조용한 절로 가 몸을 쉬라는 부탁도 있었고 해서 그가 운각사로 간댔자 아무도 의심할 사람은 없을 것이었다. 이래서 숙모가 돌아간 후 그는 곧 형수에게 내일 길 떠날 채비를 부탁한 후 그대로 번듯이 누운 채, 어디에 가닿는 아무런 관련도 없이, 그저 막연하게 '연애'란 것에 대하여, 찌금찌금 생각을 굴리고 있는 참인데 "도련님 옷, 여름것만 챙겨요?" 하고 둘째 형수가 들어왔다.

"아무렇게나 하슈."

그러나 형수는 바로 나가는 게 아니라, 옆으로 와 앉으며 "안댁 아가씨, 도련님 보셨소?" 하고 은근히 물었다.

그는 약간 어리둥절해서 바라다보려니까 "신식 아가씨래도 참 얌전하데요. 미인인데도 요즘 색시들과는 다르데요" 하고 건너다보는 것이었다.

석희는 형수가 꼭 원의 일을 눈치챈 것만 같아서 싫었을 뿐 아니라, 필경 이런 말을 나오게 한 것이, 방금 자기가 무료히 누워 있었던 때문일 거라고 생각이 되자, 이러한 형태로 나타나는 가족들의 호의가 어쩐지 거의 느끼할 정도로 싫었다.

"그러니 그 색시가 어쨌단 말이요?"

이렇게 무뚝뚝한 대답을 하는데도 이 사람 좋은 형수는 "또 괜히 이러시지. 삼십을 바라보는 총각이 그럼 색시 이야기가 싫단 말요?" 하고, 이번엔 제법 농담조로 말을 받는 것이었다.

그는 더 참을 수가 없었다. 물론 색시 이야기가 싫지 않을지도 모른다. 허나 문제는 지금 말을 하는 사람과, 그 말을 받아 들어야 할 사람과의 극히 미묘한 심리적인 어떤 거리에서 오는 야릇한 불쾌감 때문에, 마침내 그는 눈을 감은 채 자는 척해 버릴 수밖에 도리가 없었다. 형수가 나간 후 그는 정말 자고 싶어져서 자리를 펴고 드러누웠으나, 정작 자려니까 또 잠이 오지 않았다. 머릿속엔 두서없는 생각이 함부로 떠올랐다. 생각하면 석희가 집을 떠나 있는 동안 현실과 차단된 그 어두운 생활에서 이따금 마음속으로 제일 다정하게 만난 사람이 있었다면 그건 누이 원이었고, 누이와 자라난 고향의 기억들이었다.

어느 여름이었다. 내년에 서울 학교를 가야 할 시험 준비를 게을리한다고 둘째 형에게 종아리를 맞은 후 화나는 판에 또 무슨 마음이 내켰던지 작은댁엘 가서 원이를 데리고 강가로 나온 적이 있었다. 그때 원이는 얼굴도 이뻤고 또 무남독녀이고 해서,

참 귀염을 받았다.

석희는 아무리 화가 날 때라도 강가로 나와 천어(川魚) 새끼를 쫓고 모래성을 쌓고 하면 그만이었다.

원이를 강변에 앉힌 후 조그마한 돌을 주워다가 앞에 놓아주면서 "오빠가 올 때까지 이것 가지고 놀면 착하지" 하고 제법 의젓한 수작을 하다가 제 바람에 열없었던지, 다시 선머슴이 된 채 물속으로 뛰어들어 갔다. 얼마 동안 곤두박이도 하고 뒤집어 뜨기도 하면서 한참 재주를 부리던 판인데, 퍼뜩 원이 생각이 나서 그편을 보았을 때, 웬일일까? 원이가 있지 않았다. 단숨에 뛰어나와 허리춤을 여미는 듯 마는 듯 사면을 둘러보았으나 보이지 않았다. 별안간 원이가 물에 빠졌다는 생각과 함께, 그는 그만 으악 소리를 치고 울었다. 뒤미처 방금 물속에서 죽으려고 하는 모양이 보이고, 아무래도 그냥 둘 수는 없었다. 석희는 옷을 입은 채 물속으로 들어가면서 자꾸 넘어졌다.

"게 누구 없어!" 하고 구원을 청하여 한 번 더 사면을 둘러봤을 때다. 아찔아찔 어지러워서 잘 분간할 수는 없었으나, 까마득한 모래밭 저편, 바로 둑 밑에서 새까만 머리통이 아른거리는 것 같았다. 원이었다.

원이는 원이대로 고인 물에서 장난을 치느라고, 생쥐처럼 젖어 있었다.

"너, 너 여기 있었니? ……여기에 있었구나!"

그는 영문을 몰라 쳐다보는 원이를 잡고, 자꾸 흔들며 안아주었다.

돌아올 때, 오라범은 원이가 이제 업혀 다닐 나이도 아닌데, 조그마한 도랑이 있어도 업고 건넜고, 또 도랑이 아니래도 자꾸 업고 갔으면 싶었다. 또 이날 저녁에는 제가 가졌던 좋다는 것이란 죄다 원이를 주고 하였다.

그 후 자라갈수록 두 남매는 의가 좋았을 뿐 아니라 원이 동경으로 오던 해, 불행히 석희가 동경을 떠나야 하던 해였고 보니, 지난 삼 년 동안 석희로서는 원이를 두고 염려한 것이 하나둘이 아니었던 것이다.

차가 은주(銀州)에 닿기는 정오가 훨씬 넘어서였다. 여기서 원이 있는 운각사까지 가려면 다시 자동차로 세 시간가량이나 가야 했다.

그는 별로 시장하지는 않았으나 다소 갈증이 나는 것도 같았고 또 이왕 점심을 먹으려면 이곳에서 치르는 것이 좋을 것 같아서, 역전 큰길 옆으로 화양요리라고 쓴 누르께하게 생긴 이층집으로 들었다.

그랬는데 내부는 바깥과도 사뭇 달라 식사를 하는 곳이라기보다는 훨씬 더 술을 마시는 곳 같았다.

그가 되도록 구석으로 가 앉으려니까, 맞은편 테이블에서 술을 마시고 있는, 눈이 옆으로 툭 나온 남자의 시중을 들고 있던 여자가 "게—짱, 오갸쿠사마—" 하고, 손님이 온 것을 알리었다. 이내 이층으로부터 인기척이 나더니 콧노래와 함께 게—짱이란 여자가 나타났다.

그는 여자에게 맥주를 청한 후 담배를 붙이고 앉아 있는데, 조금 후 여자가 술을 가져와 따라 놓고는 옆으로 와 앉았다. 그런데 여자가 무척 철딱서니가 없어 보였다기보다도 입을 호 벌린 채 앉아 있는 모양 하며, 꼭 제정신 빼어 매달아 놓고 사는 사람 같았다. 그는 거듭 잔을 비우며 너무 말이 없는 것에 쑥스러운 생각이 들어, 그러니까 쉬운 말로다, 술을 먹을 줄 알거든 먹으라는 격으로, 병과 잔을 여자 앞으로 밀어주었다. 그랬는데 여자가 지금 취했노라고 대답을 해서, 그는 여자가 역시 취했던 것이라고 생각하면서 식전부터 무슨 술이냐는 것처럼 싱겁게 웃었다. 그랬더니 여자는 소갈머리도 없이 해죽해죽 웃으면서 "모르겠어요, 그저 먹어버렸어요" 하고는 때글때글 웃었다. 이것은 그의 웃음에 대한 무척이나 적절한 대답이었다.

석희는 여자가 놀랄 만큼 예민한 것을 느끼며, 한편 이렇게 식전부터 술을 먹는 여자가 보기에 결코 흉악한 느낌을 주지 않는 것이 오히려 이상하여 여자의 쓸개 빠진 대답에 연신 실소를 머금은 채 그대로 앉아 있었다.

조금 후에 그는 별다른 의미도 없이, 그러니까 지나가는 말로 고향이 어디인지 물어보았다. 그랬더니 그저 먼 데라고만 할 뿐, 잘 말하려 들지 않았다.

그는 마음속으로 싱거운 수작이라고 생각하면서 "먼 고향에서 뭘 하러 여기까지 왔소?" 하고 다시 물어봤다. 그랬더니 "그렇게 되고 이렇게 돼서, 그만 여기까지 왔어요" 하고는, 그것도 어느 유행가의 곡조 같은 그대로를 함부로 재잘대면서 이번엔 변덕쟁이처럼 호 한숨을 내쉬었다.

석희가 점심 대신 맥주를 마시고 돈을 치를 무렵 "고향이 어디세요?" 하고, 여자가 도로 물었다.

석희는 순간 이상하게 귀찮은 생각이 들기도 해서 "나도 고향을 잘 몰루" 하고 대답한 후 곧 밖으로 나왔다.

신작로의 손님은 늘 붐비는 모양인지, 자동차는 꽉꽉 만원이었다. 뒤 칸에는 석희 옆으로 학생복에 파나마를 쓴 젊은이가 앉고, 그 옆으로 역시 학생 같은 여자가 앉고, 또 그 옆으로는 삼십 오륙 세쯤 돼 보이는 여자가 앉고, 이렇게 한 칸에 네 사람씩, 차 안은 용납할 틈이 없었다. 그런데 석희는 차가 은주를 떠날 때부터 '저 젊은 여자가 나이 먹은 여자와 동행이 아니었으면……' 하고는 공연히 초조해 하였다. 스스로 참 오지랖이 넓다고 타박을 주었으나, 이러할수록 마음은 자꾸 그리로 다가가, 모르는 결에 고개를 기다랗게 하고 계속 나이 먹은 여자 편을 살피곤 하였다. 아무리 보아도 이 여자는 천생 뚜쟁이가 아니면 그런 종류의 무엇이다. 그 능청맞고 희번덕이는 얼굴 표정이라든가, 짙게 화장한 솜씨라든가, 또 살빛이 푸르고 기골이 장대한 것까지 모두가 하나같이 빈틈이 없었다. 더욱 이상한 것은, 비단 이 여자 앞에 내려진 이 여자의 생애를, 이 여자의 방식으로 살아온, 어느 '욕된 세월'이 끼치고 간 흉한 흔적뿐만이 아니라 이 여자에게는 어떤 선천적인 망측한 혈류가 있는 것만 같았다. 그러나 십 분 이십 분 한 시간, 이렇게 올 때까지, 뒤 칸에 앉은 네 사람은 또 한편으로 아무와도 말을 나누지는 않았다.

차가 질령재라는 고개를 타고 쏜살같이 내달았을 때, 비로소 청년이 젊은 여자에게 말을 건넸다.

석희는 모르는 결에 숨을 내쉬며 차창으로 얼굴

을 돌렸다.

차는 어느새 고개를 넘어, 이젠 아득한 평야를 헤치고 달아났다. 들에 가득한 자운영을 바라보며 그는 한 번 더 입가에 싱거운 웃음을 지었다.

"서울 가닿으면 먼저 어디로 가야 해?"

이번엔 젊은 여자가 말을 건넸다.

"내 하숙으로 가야지."

여자는 더욱 작은 목소리로 다시 뭐라고 말을 건넸으나 "그래도 먼저 그렇게 할 수밖에……" 하는 청년의 목소리 이외에는 알아들을 수가 없었다.

석희는 여전히 들을 내다보며 '서울을 가려면 여기를 거쳐서 어디로 가나?' 하고, 객쩍은 생각을 해보는 것이었다.

두 젊은이는 뭔지, 저희들이 저지른 일이 아직 힘에 너무 크고 벅차다는 것처럼, 기를 펴지 못한 채 자꾸 딱딱해져서 누가 보아도 모르는 사이 같았다.

운각사로 가는 길목이 거의 얼마 남지 않았을 때쯤 해서 두 사람은 다시 말을 건넸다. 여자가 무얼 언짢아하는 기색이라도 있었던지 "자꾸 그러면 난 어쩌라고?" 하면서 "이제 가면 동무도 있고, 뭐든 다 괜찮아" 하고 청년이 말을 했다. 순간 청년의 얼굴엔 몹시 순수하고 간절한 데가 있었으나 두 사람은 다시 아까와 같이 말이 없어졌다.

어느새 해도 지고…… 소를 몰던 마을 아이들의 걸음이 빨라질 때다. 마을도 산 그림자도 한껏 적막하고 희미하기만 해서, 바로 나들이 갔던 아이들도 불현듯 집이 그리울 때다. 석희는 청년에게 뭐라고 말을 건네보고 싶어졌으나, 결국 잠자코 말았다.

책이 든 작은 가방은 손수 들고 간다 쳐도, 큰 것은 부득이 사람을 시켜야 하는데, 원체가 외딴곳이어서 적당한 사람이 없었다. 좌우간 짐은 주막에 부탁하는 한이 있어도, 먼저 길을 떠나기로 하였다.

오리목이라는 데서 운각사까지는 다행히 그리 멀지 않았으나, 길을 알려주던 주막집 노인이 "원 길이 험해서……. 어데 혼자 가겠는가요?" 하고 염려해 주었다. 그가 "뭘요, 괜찮습니다" 하고, 말을 하니까 "어데요, 아닙네다. 잘못하다간 초행에 욕볼

겝네다" 하고 노인이 거듭 만류했다. 또 그로서도 길이 헷갈려 괜한 욕이라도 본다면 부질없는 고집일 것 같은 생각이 없지도 않아서 그대로 우물쭈물 하려니까 "내라도 가지요" 하고 선뜻 노인이 따라 나섰다.

석희는 연신 막걸리 냄새를 풍기는 맘씨 좋아 보이는 이 노인이 처음부터 싫지 않았을 뿐 아니라 더욱 이렇게 동행을 해주는 데는 어쨌든 고맙지 않을 수가 없었다. 그가 미안하다는 뜻으로 말을 하니까, 노인은 절 아래 여관집 주인도 아는 마당이고 또 중들 가운데도 친지가 있어서, 자고 내일 아침에 와도 된다는 것과, 전에라도 심심하면 곧잘 절로 올라가 놀다 올 때도 있다고 하면서 "어데 몸이 불편해서 가십니까, 공부를 하러 가십네까?" 하고 물었다. 그래서 몸도 좀 쉴 겸 구경도 할 겸 왔다고 했더니 "그 좋습니다, 각처에서 해마다 많이 옵네다. 한여름만 예서 나시면 가실 땐 딴사람이 될 겝네다" 하고, 연신 자랑을 했다.

두 사람이 꼬불꼬불한 논길과 언덕길을 돌아서

큰 느티나무가 서 있는 데서부터 별안간 물소리가 들리고, 좌우로 산을 낀 깊숙한 골짜기로 길이 뚫어졌다. 초행이라 그런지 고작 오 리 남짓하다던 길이 십 리가 족히 되고도 남는 것 같았다.

석희는 오른편에 시내를 낀 등산길을 바위벽에 새겨진 부처들의 이름과 염불을 외어보며 잠자코 걸었다. 차차 골이 깊고 물이 맑아 그런지, 이상하게 생각이 한쪽으로 쏠리는 것 같았다. 문득 누이의 일이 생각난다. 뒤이어 저 시꺼먼 산 고비만 돌아가면 원이가 있다는 것과, 자기는 오래지 않아 누이를 만난다는 사실이 똑똑히 그려진다. 그러나 산모퉁이를 돌아가면 또 산이 가리고 있고, 이 모양으로 절은 좀체 잘 나오지 않았다.

"금년에도 손님이 많이 왔습니까?"

"네, 금년엔 아직 별루 없습네다."

노인은 이편을 보지 않은 채, 깨진 담배통에 성냥을 그었다.

"그래 한 사람도 없어요?" 하고 그가 물어볼 판인데, 그제야 노인은 "일전에 웬 학생이 앓는 사람을 데리고 올라갔지요……. 남매간인 모양인데, 그 원 부모나 있는지……" 하고 혼잣말처럼 중얼거렸다.

그는 '왔구나' 하고 생각하면서 한편 남매간이란 말이 어쩐지 유쾌하지 못하였다. 그러나 이것을 노인 앞에 내색할 수도 없고 해서 "병인이 아직 젊은 사람입디까?" 하고 예사로이 말을 건넸다.

"아 젊고말고요. 새파랗게 젊으신 분이 인물도 준수하고 아주 얌전하던데요."

노인은 묻지 않는 말까지 전해주면서, 도리어 왜 그렇게 자세히 묻느냐는 것처럼 바라다보았다. 그는 짐짓 건너편으로 시선을 옮기며 잠자코 걸었다.

점점 어두워져서 근처를 잘 분별할 수 없었으나 차츰 길이 넓어지고 수목이 짙은 것을 보아, 절이 얼마 남지 않은 것을 알 수 있었다.

과연 몇 발걸음 가지 않아서 불빛이 보이고 인기척이 나고 하였다.

석희는 먼저 절 아래 있는 음식점에 들러, 술이랑 저녁을 노인에게 대접한 후 얼마간 노자를 주고 큰 절로 올라왔다.

그는 누이와 만난 후 방을 정하고 짐을 풀고 하여 부산스럽게 굴 것을 피하려고 먼저 중을 찾아 거처할 방부터 정하기로 하였다.

어린 중이 방을 쓸고 훔치고 할 동안 '원이가 혹 뜰에 나와 있지나 않나?' 싶어서 그는 몇 번 주위를 살피고 하였다.

중이 다소곳한 합장으로 편안히 쉬라는 인사를 하고 나간 후, 여구(旅具)를 풀어 제자리에 놓고 그는 잠깐 그대로 앉아 있었다. 이제 막 황혼이었건만 주위는 야심한 듯 적요하였다. 석희는 웬일인지, 이 밤으로 누이를 찾아볼 흥이 나지 않았다.

그는 곧 일어나 요를 펴고 다시 베개를 바로 한 후 일부러 손을 가슴 위에 단정히 얹고는 눈을 감았다.

아직 창살이 뿌연 새벽인데도 절간으로선 그렇지도 않은지, 오래전부터 늙은 중의 염불 소리가 법당에서 새어 나왔다.

뭘 뚜렷이 정한 것도 없이 석희는 밖으로 나왔다.

정면으로 대웅전을 끼고 사방 입 구(口) 자로 된 절간이 어젯밤 볼 때처럼 그리 웅장하지도 않았고 또 마당도 그리 넓은 편은 아니었으나, 오른편 담장 너머로 대밭이 장관이었다. 그는 절 문을 나서 기역 자로 꺾어진 정갈한 축대를 밟고 있었다. 향긋한 약초 냄새를 풍기는 이른 아침 공기가 콧날이 찌릿하도록 맑았다.

차차 안개가 걷히고 오른편으로 작은 길이 보였다.

그는 풀숲을 좇아 조그마한 석탑에 기대어 잠깐 걸음을 멈췄다. 맞은편 하늘이 연자홍으로 밝고, 머리 위에 파르르 작은 새들이 날 때마다 자꾸 손등으로 이슬이 굴러떨어졌다. 이때였다. 맞은편 언덕 밑으로, 바로 길녘에 있는 우물가에 원이 세수를 하고 있는 것이 보였다. 이번엔 수건으로 얼굴을 훔치고, 다시 머리를 풀어 매만지고 하였다.

원이는 삼 년 전에 볼 때와 별로 다를 게 없었다. 여전히 목이 가느다랗게 여위어 뵈고 서먹서먹 사람을 보는 그 눈이 어디론지 지향 없는 것 같았으나, 아직 짙은 색 봄옷을 입고 있어 그런지 얼굴이 몹시 희게 보였다.

석희는 여전히 움직이지 않은 채, 극히 가라앉은 목소리로 누이를 불러보았다. 그러나 원이 이 얕은 음성을 가려내지 못한 채, 마지막 축대를 올라섰을 때다.

"원아!"

그는 커다랗게 누이를 불렀다.

사흘째 되는 날 아침, 석희는 누이가 만류하는 것을 물리치다시피, 도로 자기 방에서 식사를 했다. 철재라는 화가 방에서 원이와 함께 먹는댔자 다 같은 절밥이지만, 그저 한자리에서 먹자는 것이 두 사람의 희망이었고 또 자기로서도 굳이 이것을 거절할 아무것도 없어서 그저 되는대로 내버려 둔 것이었으나, 누이와 철재라는 사람의 사이가 어떠한 관계이든, 이 두 사람이 지금껏 가지고 온 그 분위기를 자기로서 건드리기가 어쩐지 꺼림칙했다. 이래서 결국 "번번이 가고 오고, 그 귀찮아서 어디……" 하고 말을 끊었던 것이다.

청년과 원의 사이는 지난 사흘 동안 보고 느낀 바로는 좀체 헤아리기가 어려웠고, 헤아리기 어렵기 때문에 더 난처해지는 자기 처신인지는 모르겠으나, 아무튼 아이 중이 밥상을 내어간 후 가방 속에 그냥 들어 있는 책들을 꺼내어 여기저기 놓으면서, 이를테면 얼마를 이곳에 있게 되든지 있을 동안은, 자기 생활의 질서를 세워야 하겠다고 마음먹는 것이었다.

바로 그때 원이 들어왔다.

그는 여전히 책을 들추면서 "어엉" 하고 그저 애매한 대답을 하는데, "오빠" 하고, 원이 다시 불렀다. 그런데 이번엔 그 부르는 소리가 어째 간절한 데가 있는 것 같아서 그는 책을 놓으며 누이를 보았다.

원이는 그와 가까이 하느라고 굽혔던 자세를 약간 바르게 하며, 오라버니를 바라보았다. 이것은 전부터 원이 항상 사람을 대하는 눈이었다. 이상하게 인정에 호소하면서도, 몹시 어색한 듯 서먹서먹 보는 것이 원의 눈이었다. 그러나 이 예전과 조금도 다르지 않은 눈자위에서 그는 무턱대고, 원이 나를 의심하는 것이라고, 즉 제가 한 바 그 행위를 내가 비난한다고 생각하는 눈이라고, 이렇게 대뜸 넘겨짚으면서 "너 언제부터 날 의심하니?" 하고 툭 잘라 묻고 말았다.

사실은 이제 누가 의심하는 것인지 모를 일이나, 지금까지 그는 아무리 마음을 짚어본대도, 참 한 번도 누이의 소행을 비난한 적은 없다고 생각한다. 이건 자기가 삼촌이 아닌 이상, 도덕적으로 비난할 무엇도 있지 않았던 것이고, 또 누이란 으레 자라서 제 갈 데로 가는 법인 바에야, 가령 어머니나 오라버니가 제일이던 그때의 누이가 아니라고 해서 굳이 불평을 품을 모책도 없는 것이었다.

그러나 이제 이렇게 갑작스러운 말을 멋없게 쑥 내놓고 보니 흡사, 지금껏 애매하였던 어느 마음 귀퉁이의 불만이 한꺼번에 쏟아진 것처럼 그는 다시 "네가 무슨 짓을 하든, 나를 의심하란 법은 없지 않아?" 하고 자기도 모를 말을 중얼거렸다.

원이는 눈이 퀭해서 오빠를 보고 있더니, 이번엔

그 서먹서먹한 눈에 눈물이 글썽해서 얼굴을 떨어트렸다.

그는 '대체 얘가 왜 이렇게 잘 우느냐'는, 지금까지와는 다른 갈래로 생각을 짚어보면서, "왜 우니?" 하고 물었다.

"……."

"말을 해야지 않아?"

그가 한 번 더 다그쳤을 때, 원이는 이 말에 대답 대신 "그분 좋은 이예요" 하고 말하는 것이었다.

"좋은 이라니? 그래서 운단 말이냐?"

"아무튼 그분 보면 맘이 언짢아요."

"왜?"

"가여워요."

석희는 잠자코 물러앉아 담배를 붙였다.

원이에게 이른바 그 정신적인 데가 있었다기보다도 말하자면 그리 건전치 못한 감상(感傷)이 있는 것을 그는 전부터 잘 알고 있다. 이래서 이것이 이제 한 사람의 불우한 청년 위에 전적으로 표현된 것뿐이라고 한다면, 이러한 감상이 주관적으로는 어느

만한 높이의 것이든 말든, 아무튼 어느 모로 보나 원이보다는 어른이어야 할 철재로서, 이것을 아무 고통 없이 받아들일 수 있는 점에 대하여 그는 속으로 가벼운 비난의 감정을 가져보는 것이었다.

잠깐 그대로 앉아 있노라니, 이번엔 맹랑하게도 퍼뜩 뇌리를 스치는, 내가 선량하지 못한 사람이라는 생각이 꽤 매듭져 모질게 부딪는 것이었다. 이제 만일 누이와 청년의 사이가, 그 소위 연애 관계가 아닌, 단순한 동정에서나 혹은 한 소녀의 '감상'이 얽어놓은 사이라면, 이러한 동정이나 감상이 반드시 '소녀의 세계'에만 있으란 법도 없는 것이며, 또한 제가 누이를 사랑할 바에야 누이가 동정하는 사람을 저도 동정해서 못쓰란 법도 없다. 그뿐만 아니라 만일 이제 철재라는 사람이, 누이로 인연해서가 아니라도 능히 그와 친해질 수 있는 사람이라면, 굳이 누이와 친하다고 해서 그와 못 친하란 법도 없다.

석희는 여태껏 옆에 가까이 가, 말 한마디 다정히 건네본 적이 없는 철재라는 화가의 여윈 얼굴을 눈앞에 그려보았다.

그러고는 '이렇게 몹시 앓는 사람 앞에서, 이렇게 냉정할 수가 있단 말인가' 하고 생각해 보는 것이었다.

좌우간 다 그만두고, 곧 원이 가엽다 생각하면 제일 간단했다. 만일 이러한 것을 '이해'라고 한다면, 이제 집안에선 자기 이외에 아무도 원이를 이해하고 도와줄 사람은 없지 않은가 싶었다. 이래서 결국 그는 "아무튼 지금 집에선 야단들 났다. 허니까 넌 기회 보아 집에 다녀오기로 하고 병인은 내가 간호해 보마" 하고 잘라 말을 해보았다.

그랬더니 원이는 아주 날 것처럼 좋아하면서, 병인도 대단히 기뻐할 것이라고 했다.

"남의 총각하고 산속에 와서 울고 하는 색시, 무슨 그런 색시가 있어?"

이리되면 그는 짐짓 웃어 보일밖에 별 도리가 없었다.

석희가 철재 방으로 옮긴 지도 벌써 여러 날 되었

다. 밤에 물을 떠 오고 우유를 끓여 먹이고 하면서, 그는 몇 번인지 '이게 위선이라는 게 아닌가?' 하고 생각해 보는 것이었다. 아닌 게 아니라 어찌 생각하면 위선인 것도 같았다. 첫째로 그가 이리로 온 후 제일 처음 느낀 것이 있다면, 그건 거의 역정이 나도록 거추장스러워 보이는 철재의 인생살이였다. 가족도 없고 돈도 없고, 병만 죽어라 앓고, 세상에 이렇게 페스러운 생애가 있을 수 없었다. 이리되면 결국 이 사람이 살아가기 위해서는 사람 상호 간에 지워지는 일정한 부담의 정도를 지나서 반드시 어떤 타인의 희생이 필요할 것이며, 또 이건 결코 그리 용이한 일이 아니었다.

그러나 이제 석희는 모든 것을 이렇게 따져보려는 자기에게 어쩐지 싫은 생각이 들었다. 이렇게 까다로운 자기가 역시 좋지 못한 사람 같은 일종의 강박관념이 앞서기도 해서다. 이래서 그저 병자란 보살펴주는 사람이 없으면 곤란한 법이고, 또 자기의 이러한 것이 남의 곤란한 때를 살펴주는 마음이 될지도 모른다고 쉬이 생각해 본다. 또 이러한 마음이 사람에게 있어 그저 조건 없이 좋은 마음에 속하는 것이라면, 이제 저라고 세상에 났다가 좋은 일 한 번 해서 못쓰란 법도 없었다. 그리고 또 하나 용기를 주는 것은 철재가 싫은 사람이 아닌 것과 석희 자신도 당장에 별로 할 일이 없는 사람이라는 것이었다.

어느 날 밤이었다. 석희는 벽을 향하고 누운 채, 이번엔 철재의 마음을 더듬어 보기 시작하였다. 자기가 이 방으로 왔을 때 철재는 물론 좋아하였다. 그러나 암만해도 이것만으로 그의 마음이 무사하지는 않았다. 그래서 이런저런 생각을 들추고 있는 참인데, 이때 철재도 자지 않는 모양인지 여러 번 몸을 뒤척이는 것이었다.

그는 잠을 자지 않는 상대방이 암만해도 꺼림칙해서, 끝내 왜 자지 않느냐는 것처럼 돌아다보았다. 철재도 그가 깨어 있는 것이 반가운 것처럼 마주 보았다. 그런데 그 웃는 얼굴이 극히 단순하고, 선량하였다기보다도 완전히 희게 느껴지는 어떤 순수한 고독의 그림자가 순간 이상하게 심정에 와 부딪히는 것이었다. 이래서 그도 따라 시무룩이 웃으며 왜 자지 않느냐고 물어보았다. 그랬더니 병인은 늘 이렇다는 것을 말하면서, 지금까지는 잠이 아니 올 때라도 자는 척해야 했기 때문에, 잠 아니 올 때 자는 척이란 여간 곤란한 일이 아니더라고 말을 하는 것이었다.

석희가 잠자코 그저 그렇겠노라는 얼굴을 하고 있으니까 "이젠 형도 옆에 계시고, 또 열도 차차 좋아지고 하니까, 어떻게든 꼭 낫게 하겠습니다" 하고 다시 말을 하는 것이었으나, 석희가 생각할 때 이런 종류의 말이란 혼잣말이 아니라면 완전히 저편을 신뢰할 때 있는 말이었다.

그는 역시 조금 전 철재의 웃는 얼굴에서와 같은 이상한 것을 마음으로 느끼며 "그래, 얼른 낫게 합시다" 하고 말을 받으면서, 일변 좀 더 다정한 말이 있을 것도 같아서 잠깐 머뭇거리고 있는 참인데, 별안간 어색하였다. 이래서 별 생각도 없이, 그저 얼결에 옆에 놓인 손을 잡아보았다. 그러나 다음 순간 그는 난처하였다. 물론 처음부터 이렇다 할 생각으로 잡은 것은 아니지만, 막상 잡고 보니 철재와의 이러한 교섭은 지금이 처음일 뿐 아니라, 그는 본시 누구와도 이러한 경우에 이런 행동이 잘 있을 수 없는 위인이었다.

다음 순간 이것을 철재도 알았던지, 그의 손을 들어 제 손과 비교해 보면서 "내 손보다 더 여윕니다" 하고 웃었다.

두 사람은 이상 더 말을 건네지는 않았으나, 석희는 철재가 좋게 생각되었다. 자기 병에 대해서 절대로 무관심한 그 태도도 좋았거니와, 또 하나, 이렇게 마음이 거래될 때 볼라치면 도무지 앓는 사람 같지가 않았다. 자기보다도 오히려 침착하고 초연한 데가 있어 보였다.

마침내 그는 사람이 병을 앓는다는 게 참 재미있을 것 같았다. 눈 감고 가슴에 손 얹고 무작정 누워서, 귀찮아지면 죽을 것을 궁리하고, 그 반대일 경우엔 또한 살 것을 궁리해 보고……. 얼마나 인생에 대한 느긋한 배포인가 싶었다.

이래서 그는 어디에 가닿는 말인지도 모를 말을

"사람이 병을 앓는다는 건 분명히 편하고 유쾌하지 않소?" 하고 툭 잘라 물어보았다. 그러고는 제바람에 흠칫했다. 무슨 생각에서 이런 말이 나왔든지 간에, 지금 앓는 사람에게 들리는 말로는 좀 가혹한 말이었기 때문이다.

그러나 철재는 극히 평범한 얼굴로 "하지만 사람이 건강하다는 건 훌륭한 자연을 몸소 느끼고 만져 보듯 즐거운 일일 겁니다" 하면서 "역시 사람은 앓지 말아야지요" 하고 웃었다.

어느 날 세 사람이 점심상을 받고 앉아 있는데, 늙은 중이 나무그릇에다 산딸기를 수북이 가지고 와서 "이게 우리 절에선 한철 유명한 겁네다. 병인에게도 썩 좋지요. 체할 염려가 없게시리 수건에 짜서 물을 먹으면 음식이 아주 잘 내립니다" 하고 말을 했다.

중이 돌아간 후에 딸기를 먹고 앉아 있는데, 원이 번뜩 뒷산으로 딸기를 따러 가자는 것이었다. 산에는 독사가 있고 길이 험해서 도무지 갈 데가 아니라고 타일렀으나 끝내 고집을 부렸다.

마침내 원이를 주저앉힐 도리가 없어서, 석희는 누이를 따라 뒷산으로 올라갔다. 산은 별로 높지 않았으나 수목이 짙고 즐비해서 배후에 태산을 낀 풍모였다.

딸기는 나무가 많고 칡넝쿨 다래넝쿨 이런 것들이 무성한 데 많이 있는 게 아니라, 돌 비탈 쪽으로 혹은 잔디밭 쪽으로 많이 있었다.

딸기가 많아질수록 원이는 정신이 없었다.

석희는 돌 비탈에 걸터앉은 채 누이의 하는 양을 보고 있었다. 그러노라니 퍼뜩 지금껏 한 번도 똑똑히 물어본 일이 없는, 또 원이로서도 구태여 설명하려고 않은 '원이 같은, 이를테면 못난 성질로서 어떻게 처음 철재와 알게 됐을까? 혹은 어째서 이리로 같이 오게 되었을까?' 하는, 말하자면 그 마음의 자초지종에 대한 궁금한 생각이 머리를 드는 것이었다.

"원아."

그는 먼저 누이를 불렀다.

누이가 볕에 얼굴이 빨개서 돌아다봤을 때 "유쾌하냐?" 하고 물었다. 원이는 대답 대신 고갯짓으로 웃어 보였다.

"저번엔 울기만 하더니."

"저번엔? 오빠까지 오해를 하니까 그랬지."

"오해라니?"

"사람들이 생각하는 것처럼 그렇게만 알거든……."

"왜 그렇지 않단 말 못 했어?"

"그런 걸 말해서 되나. 말하게까지 되면 벌써 오해한 건데."

"뭘로 그렇게 잘 알았니?"

"오빠가 묻지 않는 걸로."

말을 마치자 원이는 잠깐 오라버니를 건너다보았다.

"철재는 언제부터 알게 됐니?"

그는 끝내 묻고 말았다.

원이는 한 번 더 오라버니의 기색을 살피면서 "동경서 지난겨울에 첨 알았어요" 하고 대답했다.

석희는 누이의 말투가 약간 존칭으로 변하는 것

을 보아 긴장하는 것을 곧 알았을 뿐 아니라, 전부터도 이렇게 태도가 딱딱해지기 시작하면 원이는 말을 잘 못했다. 이래서 그는 되도록 정면으로 쳐다보지 않으면서 짐짓 농담조로 "그래, 나라도 뭐할 텐데 네게 그런 좋은 교우가 있었다니……" 하고 웃으면서, "이럴 게 아니라 우리 딸기 따면서 이야기 좀 하자꾸나" 하고 일어섰다.

이 모양으로 시작된 원의 이야기는 그리 간단치가 않았다. 정희라는 학교 동무를 통하여 알게 되었다는 것부터, 처음엔 유망한 화가라는 데 호기심이 갔고 다음엔 중한 병을 앓는다는 데 놀랐고, 이래서 가보기까지 되었다는 것인데, 한 번 가본 후로는 도저히 그냥 모른 척하고 있을 수가 없었노라고 하면서 "아무튼 의사도 그대로는 살지 못한다고 했으니까. 그리고 옆에 누구 한 사람 있어야지" 하고 말하는 것이었다.

"친구도 없디?"

"있었는데 오빠 같은 일로 다들 가고 없었어요."

"여긴 어떻게 해서 오게 됐니?"

"여긴? 의사도 귀국하라고 했고 또 병인도 이 절로 오고 싶어 해서, 그래서 생각해 보니까 마침 여름 방학이고, 집에 나가는 길에 여기 들렀다 가면 될 것 같아서 나왔지."

"철재가 이 절을 어떻게 알고?"

"중학교 때 지리산엘 가면서 들렀대."

"그럼 그는 그렇다 하고, 왜 집엔 오지 않았니?"

"오느라고 병이 더해져서 갈 수 있어야지. 꼭 죽는 것만 같데. 그래서 오빠한테 와달라고 집에다 편지 했지."

석희는 누이의 이야기를 들으면서 몇 번인지 실소를 했다. 세상 철을 몰라도 푼수가 있었다.

"집에서 알면 큰 야단이 날 걸 몰랐니?"

"알긴 알았어. 하지만 아니면 그뿐 아냐?"

"아니면 그뿐이라? 그래 맞았다, 네 말이……."

석희는 끝내 웃고 말았다.

원이 '아무것도 아니면 그뿐 아니냐'라고 큰소리하는 것과는 달리, 철재와 원의 감정은 그 시초부터 결코 아무것도 아닌 것은 아니었다. 단지 죽는다는, 혹은 죽을 사람이라는 이 커다란 사태 앞에 두 사람은 조금도 옆을 돌아볼 여유가 없었던 것뿐이고, 결국 '아무것도 아닌 것'으로밖에 표현되지 못한 것뿐이었다.

이것은 앓는 사람의 병이 점점 차도가 있어 가면서, 반대로 차차 멀어지는 두 사람의 관계를 보아 잘 알 수가 있었다. 요컨대 이것은 '산다'는 데서, 비로소 '죽는다'는 사실 앞에 양보한 '자기'들을 각기 찾으려는, 어떤 잠재의식의 표현 같기도 했다.

날이 점점 더워져 성한 사람도 기운이 없을 때가 많았으나, 신기할 정도로 철재는 날로 차도가 있었다. 무엇보다도 열의 상태와 수면의 시간이 월등히 좋아져서, 아침이면 제법 자기 손으로 세수를 할 수도 있었고, 또 유독 기분이 좋은 날은 아침이 아니라도 곧잘 일어나 이따금 우스운 얼굴들을 그려서는 사람들을 유쾌하게 만들어 주기도 하였다. 또 원이는 원이대로 마음이 내키면 곧잘 공부도 하고, 이따금 얼굴이나 몸치장을 할 때도 있어서, 제법 오라버니를 따라 산간에 와 있는 '누이'의 모양을 갖출 때도 있었다.

어느 날 석희는 주막집 노인이 은주에 가서 사흘이나 묵고 사 온 등의자를 제일 전망이 좋고 통풍이 잘되는 절 문밖 은행나무 밑에다 갖다 놓은 후, 철재를 데려다가 앉히고는 아주 만족해하였다. 정말, 병인이 오래간만에 '자연'을 대하고 신기해하는 거라든지, 만족해하는 것은 또 유별난 것이어서, 그도 덩달아 괜히 웃고 떠들고 하였다. 이때 누가 뒤에 서 있는 것 같은 인기척이 있었으므로 두 사람은 모르는 결에 뒤를 돌아다보았다. 그랬더니 그곳엔 원이가 웬일로 싱글해서 꺼뚝 서 있는 것이었다. 그 서 있는 모양이 하도 우스워서 "왜 그렇게 하고 있니?" 하고 오빠가 물어보았다. 그랬는데도 원이는 이 말엔 별 대꾸도 없이, 이상하게 쭈뼛쭈뼛 두 사람을 번갈아 보고 하더니, 그대로 들어가 버리고 말았다.

이날 저녁에도 원이는 별로 말이 없었을 뿐 아니라 전 같으면 방도 치워주고, 수건에 물도 축여 오고, 또 직접 철재에게도 뭐든 제게 시킬 일이 없느냐고 물어도 보고 했을 텐데, 일절 이런 일 없이 그냥 제 방으로 가버렸다.

원이 나간 후 석희는 문장(門帳)을 치면서 "곤할 테니 오늘은 일찍 잡시다" 하고 자기도 누웠다.

조금 후 철재가 불쑥 "육친이란 어떤 거요?" 하고 물었다.

"글쎄."

석희는 우선 애매한 대답을 하면서 철재의 기색을 살폈다. 그러고는 "원이 처음엔 육친 같았는데, 이젠 좀 달라졌단 말 아니오?" 하고 도로 물어보았다. 그랬더니 철재는 이 말에 대답 대신 그저 시무룩이 웃을 뿐이었다.

석희는 요즈음 "나보다도 오빠가 더 동무지 뭐" 하고, 곧잘 말하는 원이를 생각하면서 "남성끼리는 친하면 혹 당신 말대로 육친이란 걸 느낄 수 있을지 모르나 이것이 이성일 땐 좀 다를 겁니다" 하고 짐짓 피식이 웃으며 건너다보았다.

철재도 여기엔 별반 말없이, 그저 그렇겠노라

는 듯이 듣고 있더니 조금 후에 "아무튼 당신 말대로 하면 이성과의 사귐이란 너무 편협해서 그 어디……" 하고 말하는 것이었다.

"허나 사나이들의 사귐이 편협해지지 않기 때문에, 편협한 이성과의 사귐보단 훨씬 평범한 것이 아니겠소? ……아무튼 당신은 그림쟁이니까, 나보다 더 잘 알겠습니다."

석희가 짐짓 농담조로 말을 받아서, 두 사람은 제법 소리를 내고 웃었다.

어느 날 절에는 재(齋)가 든다고 북적거렸다. 그곳에서 한 사십 리가량 되는 연성 사람의 재라는데, 이 근방에선 제일가는 지주일 뿐 아니라, 금년 스물일곱인 아들이 죽은 제사라고 해서, 아무튼 이 절로선 드물게 맞는 대사였으므로 며칠 전부터 절엔 중들이 득실거렸다.

물론 석희도 앓는 벗을 위하여 염려하지 않은 바가 아니었으나, 철재가 도저히 이 소란통을 큰절에 앉아서 겪어낼 수는 없다고 야단을 해서 더욱 난처하였다.

이렇다고 갑자기 딴 데로 갈 수도 없는 판이고, 또 이것을 철재로서도 응당 알고 있을 법한데, 이처럼 심한 불평으로 옆에 있는 사람을 불안하게 하는 것이 한편으로 흡족하지 않은 생각이 들기도 하고, 또 사실 성가신 일일지도 몰랐으나 달리 생각해 보면 철재도 이만한 체면쯤 지키려면 훌륭히 지킬 수 있을 것임에도 불구하고 정말 '육친'인 것처럼 믿고 조그마한 마음의 불평도 숨겨두지 않는 그 버릇이라고 할까, 병인다운 고집이라고 할까, 아무튼 자기로서 이런 것을 좋게 받으려면 얼마든지 좋게 받을 수 있는 일일 것도 같아서, 이렇게 생각한 나머지 평소 비교적 친숙히 군 우담이란 대사를 찾아 상의해 보았던 것이다.

그랬더니 대사는 그 뒤 암자에 빈방이 있을 것이라고, 다행히 주선을 해주었다.

이래서 석희는 내일 구경을 하겠다고 벌써부터 몰려와 웅성대는 사람들 틈으로 철재를 데리고 암자로 옮겨왔다. 암자는 큰절 왼편으로 죽림을 끼고 더 산속에 있어, 한적한 것으로는 큰절에 비길 바가 아니었다. 더욱이 늙은 보살이 암자를 지키고 있었으므로 오히려 편리한 점이 많았다.

저녁상을 받고 앉아서 두 사람은 약속이나 한 것처럼 옆에 원이 없는 것을 느꼈다.

"큰절보다 저녁이 이르지?" 철재가 먼저 알은 척을 하니까, "원이는 저녁을 먹나?" 하고 오빠가 말을 받아서 두 사람은 멋없이 웃었다.

이때 간둥간둥 층계를 밟으며 원이 들어섰다.

"호랑이도 제 말 하면 온다더니……."

오빠가 제법 반가이 맞으려니까 원이는 이 말엔 별 대꾸도 없이, 방금 큰절에는 사람이 어떻게나 많이 왔는지 물 끓듯 들썩인다고 하면서 "사흘 동안이나 계속한대" 하고 말을 했다.

과연 원의 말마따나, 그 후 큰절의 재는 굉장한 것이었다.

재가 끝나는 날 밤, 원이는 일찍부터 오빠를 찾아와 구경을 가자고 졸랐다. 밤중에 바라를 치고, 늙은 중이 염불을 외고, 또 옆에 죽은 이의 아름다운 아내가 죽은 이로 더불어 슬피 우는 모양은 어째 신비하기까지 하다고 하면서, 자꾸 떼를 쓰는 통에 석희는 "그래 영혼이 보이디?" 하고 누이를 따라 일어섰다.

두 남매가 죽림을 끼고 좁은 길을 지나려고 했을 때다.

어린 중이 웬 청년을 데리고 이리로 오다가 "손님 오셨삽네다" 하고 앞으로 달려왔다.

그는 얼른 생각해도 자기를 찾아올 사람이 없을 뿐 아니라 벌써 어둠이 짙고 또 오래 보지 못한 벗이라, 끝내 태식인 것을 알아보지 못한 채 오는 사람을 보고 있었다. 이때 청년은 그의 앞을 다가서며 "날세. 얼마나 고생을 했었나?" 하고 손을 잡았다. 석희는 그제야 "아, 자네던가? 난 누구라고" 하면서 거듭 반가워하였다.

태식이는 그가 동경에서 사귄 친구다. 얼핏 보아 그 성격이나 취미가 정반대인 편이었으나, 어쩐지 두 사람은 친한 편이었다. 석희가 주변이 없고 비교적 내성적이어서 좀 침울한 성격이라면 태식이는 이따금 웅변이요 개방적이어서 화려한 데 속하였고, 강한 자기주장이 있으면서도 표현에 있어 그리 강경하지 못한 데 비해서도 반대일 뿐 아니라, 심지어 말소리가 번화하고 취하면 놀기를 좋아하는 것까지 서로 맞지 않았다. 그러나 석희에게 침울한 일면 어딘지 화려한 곳이 있었고, 또 태식이에게도 어딘가 석희의 일면이 있는 것처럼 두 사람은 이를테면 서로 반대되는 곳에 이상한 애착이 있었는지도 모른다.

아무튼 오래간만에 만난 그리던 친구라 이야기가 그리 간단할 수 없었다. 석희는 도로 암자로 갈까 생각하였으나 태식이와 철재는 면식이 없을 뿐 아니라 모르는 사람 앞에서 수작을 하고 또 모르는 사람의 수작을 보고 할, 어색한 분위기를 두 벗을 위해 피하고 싶었던지, 그냥 큰절을 향해 걸었다.

태식이는 한편으로 길을 걸으면서, 그가 나온 소식을 듣고 곧 집으로 찾아갔더란 이야기를 하면서 "역시 동경 시절이 제일 좋았어. 그때 기억이 제일 남는 것을 보면" 하고 웃었다.

절 문에 가까이 이르자 등촉이 낮과 같이 밝았다. 석희도 따라 웃으며 자주 벗의 얼굴을 보았다. 오래간만이라 처음은 잠깐 눈 설어 보였으나, 얼굴이 홀쭉해 보이고 꺼칠한 것이 어딘지 장년 티가 나 보였다.

이 빛깔이 희고 깨끗하게 생긴 벗의 얼굴이 지금도 보기에 흡족한지 석희가 "자네도 좀 여위었나? ……역시 그때가 좋았지?" 하고 실없는 소리를 하면서 막 절 문을 들어서려고 했을 때다.

뒤에서 원이 오빠를 불렀다.

그는 비로소 원이와 약속하고 나온 길임을 생각해 낸 듯이 "어어 너?" 하고 돌아다보았다. 그러더니 이번엔 청년을 향하여 "내 누일세" 하면서 "나와 친한 분이다" 하고 말을 했다.

이날 밤 석희는 태식이와 큰절 원이 방에서 자고, 원이는 암자로 가 보살 노인과 함께 잤다.

문득 요란한 바라 소리가 뚝 그친 법당으로부터, 외길로 찬찬한 염불 소리가 호젓이 들려왔다. 석희는 밤이 이슥해진 것을 깨달으며, 지금쯤 아무 영문 모르고 자기를 기다리고 있을 철재를 생각하며 일어섰다.

"자네 곤하지? 나 이 뒤 암자에 잠깐 다녀옴세."

석희가 말을 하니까, 암자에 누가 있느냐고 태식이 물었다. 그래서 어떤 앓는 친구와 같이 있노라고 대답을 했더니, 태식이 고개를 끄떡이며 "아, 그런가? 어어, 그래?" 하고 그 말의 억양과는 달리, 아주 무심한 얼굴로 대답을 했다.

조금 후 석희는 죽림을 끼고 암자로 향해 걸으면서 '그만 아까 이리로 올 것을……' 하는 막연한 후회를 하였다.

석희가 암자로 들어서니까, 이번엔 철재가 제법 어리둥절해서 이편을 보았다. 그 얼굴이 꼭 '대체 누가 왔길래 왜 이렇게 왔다갔다 부산할까?' 하는 것 같아서, 그는 모르는 결에 어색하게 웃음을 띤 채 "나하고 친한 사람인데……. 원이에게 얘기 들었지? 하도 오래간만이라 그동안 얘기도 좀 하고 그러려니까, 이리로 오면 당신한테 언짢을지도 모르고 해서……" 하고 기다랗게 말을 늘어놓았다.

얼마 후에 그는 별 표정 없이 그저 좋도록 하라는 철재를 두고 다시 큰절로 오면서, 한 번 더 '그만 처음부터 저리로 갔으면 좋았을 걸' 하는 아까와 같은 막연한 후회를 하였다.

그랬는데 이번엔 그가 방엘 들어서자 대뜸 "앓는 사람이란 누군가?" 하고 태식이 말을 건넸다. 이래서 그는 되도록 간단하게, 그러고는 좋게끔 이야기를 하면서, 거기에다 또 군더더기까지 붙여서 "자네도 보면 곧 친해질 걸세" 하고 건너다보았다.

그러나 이 말에는 별 대답이 없이 "자네 매씨와 친한 분인가?" 하고, 태식이는 제 말을 계속하는 것이었다.

어디로 어떻게 옮기든지 아무튼 석희는 철재와 같이 있어야 한다고 생각을 했으나, 그 후 큰절의 재도 끝나고 방도 있고 했지만 어찌된 셈인지 철재와 원이는 암자에 있게 되었고, 석희는 태식이와 큰절에 있게 되었다. 하긴 철재가 암자를 좋아했기 때문에 굳이 그가 철재와 같이 있으려면 태식이도 암자로 오든지, 혹은 원이와 태식이가 큰절에 가 있어야 할 판이었다. 하지만 그는 태식이를 데리고 암자로 오길 꺼리는 것보다도 더 원이를 큰절로 보내기 주저했기 때문에 그냥 그대로 눌러 있은 셈이었으나, 사정이야 어떻게 되었든 그는 철재에게 때로 미안한 생각이 없지 않아서, 큰절에서는 잠만 자고 낮의 대부분은 암자에서 지내는 셈이었다.

물론 태식이도 석희를 따라 곧잘 암자에 왔고, 또 철재로서도 뭘 까다롭게 대하려고는 않았으나, 어쩐지 두 사람의 교우는 웬일인지 이곳에서 한걸음 더 들어서지는 않았다.

이날도 그는 암자에 갔다가 정오가 넘어서야 큰절로 돌아왔다.

마침 태식이가 있지 않으므로 방 한가운데 목침을 베고 누운 채 낮잠을 자볼까 생각을 하다가 방안이 이상하게 답답하고 무더운 것 같아서, 도로 밖으로 나와 은행나무께 앉아 바람을 쏘이고 있었다. 이때 저 아래서 태식이가 싱글벙글 웃으며 올라왔다. 이즈음 태식이는 그가 암자에 가 있는 동안 이렇게 절 근방을 곧잘 돌아다니는 모양으로, 윗도리는 그냥 셔츠 바람인데다 지팡이까지 짚어서 젊고 건강한 모습이 더한층 눈에 띄었다. 태식이는 "뭘 그렇게 정신을 놓고 앉아 있나?" 하고 가까이 오면서 "혼자 어디를 다니나?" 하는 그의 말엔 별 대답이 없이, 저편 냇가에 원이와 철재가 있더란 말을 전하면서 "지팡이가 아니면 자꾸 쓰러질 것 같아서 옆에 서 있는 정원 씨가 다소 가여웠지만, 먼 데서 보기엔 제법 성한 사람 같데" 하고 말을 하면서 웃었다.

석희는 약간 조소적인 벗의 말과 태도가 뭔지 몹시 싫었으나 이것보다도 이젠 철재가 걸어 다닐 수 있다는 것이 반가웠을 뿐 아니라, 자꾸 쓰러질 것 같다는 말에 어쩐지 쓴웃음이 나기도 해서 그대로 따라 웃으며 두 사람은 큰절로 돌아왔다.

얼마 후, 막 점심상을 물리려는데 "오빠 좀 오래" 하고, 원이 들어왔다.

그는 철재가 물가에서 자기를 부르는 것을 짐작하면서 일어나 밖으로 나오니까, "나도 곧 감세" 하고 태식이가 말을 했다.

그러나 절 문밖 우물께를 돌아 나오면서 여러 번 뒤를 돌아다보았으나, 태식이는 그만두고라도, 웬일로 원이까지 나오는 기척이 좀체 보이지 않았다.

석희가 나온 지 한참 만에서야 원이와 태식이 냇가로 나왔다. 그런데 하나 이상한 것은, 가령 태식이와 철재 이 두 사람의 사이는 이렇게 직접 서로들 만나면 제법 좋은 얼굴들이어서 태식이도 비교적 무관하게 이야길 하고 또 이따금 노래도 부르고 했거니와, 철재도 그저 하는 대로 보고 있어 웃고 즐기고 하는데, 원이와 태식이 사이는 이것과는 훨씬 달랐다. 석희가 볼 때 두 사람은 결코 싫은 사이가 아닌 것 같음에도 불구하고 기실 서로들 대할라치면 이상하게 태식이는 태식이대로 뻣뻣하고, 원이는 원이대로 팩팩했다.

지금도 이 두 사람은 뭘 다투기나 한 사람들처럼 태식이는 별나게, 흥! 하는 얼굴이고, 또 원이는 원이대로 뭔지, 되잖다! 하는 표정이다.

두 사람이 가까이 오자 석희는 짐짓 부드러운 목

소리로 "이리 와서 자네 그 <먼 산타루치아>나 좀 듣세 그려" 하고 웃어 보였다.

"노래는 무슨 노래를."

이렇게 태식이도 따라 웃으며, 뭐가 열쩍은 것처럼 우물쭈물 옆으로 와 앉았으나, 그렇다고 뭘 구태여 사양하려는 눈치도 아니었다.

본시 노래란 장소에 따라선 웬만치만 불러도 즐거워지는 모양인지, 노래가 끝났을 땐 석희도 철재도 다만 격찬했을 뿐인데, 원이만이 배시시 앉은 채 잠자코 있었다.

석희는 남의 앞에서 이처럼 건방진 누이의 태도를 이제 처음 보는 것처럼 잠깐 아연하였으나, 태식이는 짐짓 피식이 웃을 뿐 "얼마 안 가 내 생일인데" 하고 화제를 돌렸다. 그러고는 그날 단단한 턱을 받아야 하겠다는 석희 말에 "암, 턱이 있어야지" 하고 대답하면서 다시 농담조로 웃었다.

태식이는 큰절로 가고, 석희는 철재를 데리고 원이와 함께 암자로 왔다.

먼저 철재를 눕게 한 후 한동안 방 가운데 우두커니 앉아 있었으나, 냇가에서 서늘하게 있다 온 까닭인지 방 안이 더 무더울 뿐 아니라, 아직 저녁때도 어느 정도 이르고 해서 원이를 데리고 다시 물가로 나왔다. 그러나 따지고 보면 일부러 나온 셈이기도 해서, 그는 아래로 제법 큰 여울물이 돌아 내려가는 널따란 반석 위에 가 앉기가 바쁘게 "너 왜 태식이 앞에서 그런 태도 취하니?" 하고 누이를 바라보았다.

원이는 뭔지 난 모른다는 태도로 "그럼 어떡하라고?" 하면서 오히려 건너다보았다.

"어떡하다니?"

"그 사람 이상한 사람이에요."

"이상한 사람이라니?"

"……."

"뭐가?"

"아무튼 싫은 사람이에요."

그는 기가 막혔다.

조금 후 오빠는 되도록 느릿느릿 말을 시작하였

다.

"설사 그 사람이 이상한 사람이건 싫은 사람이건, 네가 그 사람으로 해서 이상한 사람이 될 필요는 없지 않니?"

원이는 여전히 같은 태도로, 그러나 약간, 내가 뭐가? 라는 듯이 오빠를 보았다.

"보니까 요즈음 너 이상하던데. 있지 왜, 네가 싫어하는 여자, 난 이따금 네게서 그런 여자가 발견될 때 참 섭섭하더라."

그는 여전히 속삭이듯 가만가만히 말을 했다.

원이는 역시 잠자코 있었다.

"너 집에 가고 싶니?"

원이는 가고 싶다고 대답했다.

"왜 가고 싶니?"

"……."

"그럼 내일이라도 가게 할까?"

"싫어요."

두 남매는 다시 말이 없었다. 그러나 석희는 이 가기 싫다는 이유 속에 자기도 철재도 들어 있지 않다는 것을 잘 알았다. 분명히 태식이라는 횡포한 청년(원이는 이렇게 느끼는 것이었다) 앞에서 도망하기 싫다는, 지기 싫다는, 꽤 강경한 고집인 것을 그는 곧 알았다.

쟁평한 여울물 위로 알록달록한 산새 한 마리가 나지막이 날아갔다.

"어떠한 경우에라도 '내' 마음에 무리가 있어서는 좋지 못하다고 생각하는데……. 가령 무리란 원체가 어떤 약점 위에 서는 것이기 때문에 말이다."

그는, 네가 태식이라는 청년을 싫어하는 게 아니라 오히려 좋아하지 않느냐? 하는 물음을 이렇게 먼 곳으로 돌려 구구한 형태로 물어보면서 누이의 기색을 살피었다.

원이는 여전히 잠자코 있었으나 이내 제법 의젓한 태도로 말을 받았다.

"오빠 말대로 그러한 마음의 무리가 있어 좋다는 게 아니라, 내 말은 단지 옳지는 않으나 있을 수 있단 것뿐예요."

그러나 그는 이 순간 누이의 얼굴에서 이상하게

노한 표정을 보았기에 얼른 말을 계속하지 않았다.

조금 후 두 남매는 산기슭에 미끄러지듯 쩨레렁 하고 멀어지는 저녁 종소리를 들으며, 물가에서 절로 들어가는 도토리나무가 무성히 서 있는 작은 길로 걷고 있었다.

"이제 막 네가, 옳지는 않으나 있을 수는 있단 말을 했는데, 가령 그렇게 된다면 그 마음의 곤욕을 어떻게 겪나? 그리고 또 몹시 곤란하다는 것은 몹시 괴롭다는 말도 될 수 있어서, 이 괴로움이란 정도를 넘으면 거꾸로 반항으로 변하기도 쉬운데, 이러한 종류의 반항이란 항시 밝은 사람의 것은 아닐 거다."

그는 여전히 네가 무엇이고 실수할까 무섭다는 말을 이렇게 장황한 말로다 조심조심 건네는데도, 누이는 그의 말이 떨어지자 거의 신경질적으로 "밝음으로 해서 사람의 어려운 경우를 완전히 피할 수가 있다면, 세상엔 '불행'이나 '고통'이란 말들이 소용없게……?" 하고 역정을 내었다. 그는 속으로 아차! 하였다. 분명히 이 말은 어떤 반항의 태세임에 틀림이 없었다.

"네 말대로 한다면 돌부리를 밟은 사람은 다 넘어져야 한다는 격인데, 이러고서야 어디 세상에 장한 것이나 귀한 것이 있겠니? 그리고 '인생'이란 네 말과는 반대되는 의미에서 좀 더 엄숙한 것일지도 모른다."

오라버니도 여기엔 잠깐 언성을 높였다.

다음 순간 잠자코 있는 누이를 발견하자 그는 이상하게 언짢은 생각이 들었다. 지금까지의 그 천진하던 원이는 어디를 가고, 극히 침울하고 무표정한 얼굴 전체가 무슨 커다란 질곡을 겪는 것처럼 차가웠다.

'역시 원이는 '현대'에 살고 있는 거다!'

그는 드디어 마음속으로 중얼거렸다. 거의 길이 암자와 큰절로 나뉠 무렵 해서, 원이 말을 건넸다.

"내가 말한 것은 단지 그렇게 말할 수도 있다는 것뿐이고, 또 나보고 요즘 이상해졌다지만, 난 어쩐지 그분이 좋지가 않아서 그렇게 보였는지도 모른다우" 하면서 "퍽 좋은 분이래도 사람에 따라선 흔히 싫어하는 수도 있잖우, 왜" 하고는 짐짓 웃어 보이기까지 하였다.

그는 누이가 지금 자기 앞에서 조금도 정직하지 못한 것을 알았으나 잠자코 누이를 따라 그저 웃어 주었다.

더위의 한 고비를 넘어들면서부터 산간에는 비가 잦았다.

석희는 근자에 들어 비교적 혼자인 시간을 갖고 싶어 하였다. 물론 이렇다고 해서 갑자기 철재에 대한 성의가 줄어든 것도, 또 뭘 태식이에게 떨떠름한 정을 느낀 것도 아니었으나, 말하자면 철재가 점점 나아감에 따라 '남'을 위해 열중해 보려는 마음의 긴장이 풀어진 소치인지도, 혹은 철재의 병으로 하여 이루어졌던 어떤 공동의 생활 분위기로부터 이젠 각기 자기 처소로 돌아가야 할 때가 왔기 때문인지도 몰랐다. 그러나 불행히도 이 두 사람의 '자기 처소'란 햇빛 하나 드리우지 않는 몹시 어둡고 서글픈 곳이었던지, 이렇게 혼자인 시간을 갖고 싶어 한 이후부터 두 사람의 얼굴은 날로 우울해 갔다.

단지 태식이만은 좀 더 보람 있는 인생살이를 해 보려는 심산이었으나, 어쩐지 그의 눈엔 다 하나같이 너절하게만 보였다.

석희는 종일 책에 몰두할 때도 있었다. 그러나 결국 허무하기 짝이 없었다. 이러할 때마다 그는 무엇이고 '산 문제'에 한번 부딪쳐 보고 싶은, 이렇게 하기 위해선 살인이라도 감당할 것 같은 고약한, 그러나 이상한 저력으로 육박해 오는 야릇한 '의욕' 때문에 머릿속은 다시금 설레기 시작하였다.

이날 밤도 그는 혼자이고 싶었다. 옆에 태식이가 귀찮다기보다도 무어라고 말이 있을 것이 주체스러워서 눈을 감고 돌아누운 채, 아침나절 철재와의 얘기를 들춰보고 있었다. 별로 마음이 내키지도 않는 것을, 어제저녁 들르지 않은 것이 꺼림칙해서 그는 일찌감치 암자로 갔었다. 식전까지도 보슬비가 내리는 날씨라 여전히 골짜기엔 뽀얀 구름이 아득히 서려 있었지만, 오랫동안 비에 갇혔던 마음이 울적한 것처럼, 철재는 혼자 뜰에 나와 축대에 심어진 화초들을 무심히 보고 있었다.

"뭘 그렇게 보고 있소?"

철재는 대답 대신 웃었다.

자리를 나란히 한 후 한참만에 "가을엔 우리 마구 돌아다닙시다" 하고 석희가 말을 건넨다.

철재는 그저 시무룩이 웃을 뿐 잠자코 있더니 "바깥엔 다녀 뭘 하겠소" 하고, 여전히 시무룩이 웃으며 건너다봤다.

"하긴 그래."

그도 짐짓 농담조로 따라 웃었으나 결코 농이 아닌 것은 두 사람의 맥없이 어두워지는 마음이었다.

이야기는 단지 이것뿐이었으나 돌아올 때 그는 철재도 자기처럼 가슴속 어느 한 곳에 무엇으로도 메울 수 없는 커다란 구멍이 하나 뚫어져 있는 것이라고 생각하였다.

얼마를 이러고 있는데, 건너편에 앉아서 제법 머리를 싸매고 뭘 쓰고 있던 태식이가 "자나?" 하고, 별안간 말을 건넸다.

석희는 대답 대신 이편으로 몸을 돌렸다.

"자네 언제까지 여기에 있으려나?"

"글쎄 가을까지나 있어 볼까."

석희는 왜 묻느냐는 듯이 건너다보며, "웬만하면 한 십 년 있어도 좋고……" 이러한 실없는 대답을 하며 옆에 있는 담배를 집어 불을 당겼다.

"자네 몸이 약해진 까닭도 있겠지만 아무튼 전보다는 많이 달라졌어."

"뭘 보니까?"

"아무렇기로 자네가 산속에서 십 년을 살아서야 어디에 쓰겠나."

"쓰다니 어디에다 써?"

"그럼 못써야 하나?"

그도 태식이를 따라 웃고 말았으나, 태식이는 곧 다시 말을 이었다.

"아무튼 나는 곧 서울로 가기로 작정했네. 그래서 한번 세상과 싸움을 해볼 작정일세."

"돈을 한번 모아보겠단 말이지?"

"맞네. 우선 내가 먼저 살아야 한다고 생각했네."

"타락할 걸세. 관두게나."

"아니야, 자신이 있어."

"자네 어리석으이."

"내가 우물(愚物)이란 말이지?"

태식이는 담배를 집어 불을 당기면서 "그럼 자네는 뭐겠는가?" 하고 건너다보았다.

"나? 난 '악한'이고……."

태식이는 거의 폭발적으로 웃음을 터트렸다.

조금 후 석희는 결국 자유를 위한 용기가 아니거든 치우치지 말 것을 역설하였으나, 태식이는 좀체 수그러지지 않았다. 심하게는 석희의 이야기를 허영이요 도피요 자기 못난 것에 대한 합리화라고까지 말을 했다.

야심한 후에도 석희는 쉽사리 잠을 이루지 못하였다. 자기의 이러한 마음의 상태가 태식이 말대로 단순한 건강의 소치라면 또 모르겠는데, 만일 그렇지 않은 것이라면 두 사람의 생각은 너무도 거리가 먼 것이었다. 가령 옳든 그르든 한 사람은 정열과 희망을 가지려는 대신, 같은 시간과 같은 하늘 아래 살면서 오히려 따로 절망하는 마음이 있다면, 이것은 어찌할 수 없는 하나의 두려운 사실이었다.

지루하던 장마도 그치고, 어느덧 칠석도 지나갔다.

석희는 태식이 생일날 몇 잔 마신 술의 여독으로 이튿날 온종일 누워 있었다. 하긴 몇 잔이라고 하지만 기실 톡톡히 취했던 것이, 처음 생일턱을 시작하기는 암자에서였는데, 또 이날따라 맥주가 왜 그리 독했던지, 채 서너 병도 못 가서 그는 부산을 피웠다. 결국 자기 손으로 철재를 눕게 한 후 "당신은 자야지. 자야 하니까……" 하고는 자라고 으름장을 놓은 후 술병을 마구 안고 큰절로 와 자정이 넘도록 남은 술을 다 치운 꼴이 되고 보니, 몇 잔이란 도무지 당찮은 말인지도 모른다.

그날 밤 물론 철재도 석희의 주정을 즐겨 받았을 뿐 아니라, 취한 사람들을 염려하여 원이를 보내기까지 하였다. 그러나 석희는 웬일인지 종일 암자가 궁금했다. 공연히 철재가 뭘 불쾌하지나 않았나 하는 생각으로 인해 '저녁엔 가보리라' 했던 것인데, 막상 저녁을 먹고 보니 다시 몸이 풀어지고 자꾸 눈이 감기려고 해서, 그는 끝내 자리에 눕고 말았다.

얼마 후에 그는 심한 갈증으로 눈을 떴다. 마침 태식이가 있지 않으므로 아이 중을 불러 냉수를 떠 오라 하고, 마신 후 멀뚱히 천장을 향한 채, 조금 전 잠결엔지 꿈결엔지 원이 온 것도 같아서 그것을 더듬고 있는데, 문득 어제 술을 먹던 장면이 기억났다. 정말 눈앞이 아리송송할 무렵 원이 들어오던 일, 무슨 생각으로인지 원이보고 가라고 멋없게 소리를 질렀을 때 태식이가 원이를 잡아 앉히던 일, 태식이가 원에게 술을 권하던 일, 원이 노하던 일, 두서없이 나타났다. 그런데 이제 석희로서 두 사람의 말의 내용을 가려낼 수는 없다 치더라도, 아무튼 태식이의 그 한껏 순조롭지 못한 무례한 거동만은 역력히 알 수가 있었다.

석희는 다시 눈을 감았으나 잠이 올 것 같지도 않고, 또 그냥 누워 있기도 거의 싫증이 나서 끝내 일어나 밖으로 나왔다.

아직 초저녁인지 바깥엔 두런두런 사람들이 서성대고 있었다.

그는 대밭을 끼고 올라가면서 퍼뜩 '태식이가 암자에 있나?' 하는 생각과 함께, 이상한 불안을 느끼며 걸음을 빨리했다.

그러나 역시 태식이는 암자에 있지 않았다.

석희가 방으로 들어가니 조그마한 가위로다 뭘 자르고 있던 철재가 아주 반가워하였다.

"그냥 누워 있우" 했더니, "난 괜찮소. 당신 누우" 해서 둘이는 웃었다.

조금 후 철재가 원이는 뭘 하느냐고 물어서, 큰절에 있노라 대답한 후 "그런데 태식이 여기 오지 않았소?" 하고 도로 물으면서 다음 순간 그는 이 희한한 거짓말에 스스로 실소하지 않을 수가 없었다.

"꽤 오래전에 혼자 나간 모양인데 어딜 갔을까? 또 완전히 고주망태가 되어 넘어지지나 않았나?"

이리되면, 거짓말은 손바닥 뒤집듯 쉬운 일이었다.

"나 저 아래 주막에 가보고 오리다."

석희는 곧 밖으로 나왔다.

초여드레 달이 제법 달밤의 모습을 갖추고 근방을 비추었다.

그는 가르맛살 같은 도토리밭 길로 무턱대고 두 사람을 찾아 나온 셈이나, 문득 자기의 이 착하지도 악하지도 않은, 단지 어릿광대 같은 모양을 누가 옆에서 본다면 얼마나 우스울까 하는 생각과 함께, 설사 이제 두 사람이 자기의 예감한 바 그대로라 한대도 '대체 뭘 하려 누구를 찾아가느냐?' 하는 생각에 부딪히자, 그는 끝내 가던 걸음을 멈추고 고개를 들었다.

바로 이때였다. 일전에 자기와 누이가 앉아 있던 반석 위에 역시 두 사람이 앉아 있었다.

비교적 가까이 앉아 있었으나, 별로 무슨 이야기를 하는 것 같지는 않았다.

그는 도토리나무에 기대어 선 채, 종시 자기 태도를 망설이고 있었다. 하긴 그냥 털고 들어서서, 무슨 이야기들이냐? 한다면 또 그것으로 그뿐일지도 모르고, 혹은 두 사람의 자유로운 의사로서의 처결을 꼭 바라고 싶은 욕심이라면 그대로 내버려 두고 돌아와도 좋을 것을, 그가 여전히 뭘 결단하지 못하고 주저했을 때 잠자코 앉아 있던 태식이가 말을 건넸다.

"그건 결국 내가 정원 씨 앞에서 무례하게 굴었다는 말인데, 글쎄올시다, 어떻게 예의를 지켜야 하는 것인지, 나는 잘 알 수가 없었던 모양입니다."

다분히 조소적인 말이었으나, 극히 얕은 침착한 음성이었다.

"아무튼 나로서도 말을 하려면 할 말이 있는 게, 정원 씨는 처음부터 나를 싫어했을 뿐 아니라, 나도 아예 좋게 생각하리라고 믿지 않았기에, 가령 나에 대한 당신의 친절한 태도에서도 나는 우롱을 느껴 왔던 것입니다."

말을 마치자 태식이는 정면으로 원이를 보았다. 그러나 이 말엔 원이도 가만있지 않았다.

"우롱을 당한 사람은 나예요."

역시 낮은 음성이었으나 싸늘했다.

"혹 내 성격의 약점이 그렇게 보였는지도 모르겠으나, 난 꿈에도 정원 씨를 농락했다고는 생각지 않습니다."

두 사람은 잠깐 말이 없었으나, 원이는 끝내 "제

가 태식 씨 앞에서 겁을 먹고 도망을 가든지, 혹은 전연 분별을 잃게 되었더라면 통쾌하실 것을, 결국 그렇지 않은 것이 괘씸하단 말씀이겠는데, 하지만 저는 조금도 무섭지가 않았습니다" 하고 꽤 차근차근 말하면서 일어났다.

청년은 뭘 더 말하려고 들지는 않았다. 그러나 다음 순간 극히 맹렬한 형세로 원의 어깨를 안았다. 결코 애정의 표시가 아닌 더 많이 미움에 가까운, 심히 거칠고 사나운 그 고집을 원이 떨치듯 뿌리쳤을 때, 석희는 방금 청년이 여자에게 따귀를 맞은 것이라고 착각하며 망연히 서 있었다.

곧 원이는 이편으로 오고, 조금 후엔 청년도 윗길로 해서 큰절을 향해 천천히 걸어갔다.

석희는 원이 암자로 가려면 자기가 서 있는 길목을 지나갈 것을 알았으나, 여전히 도토리나무에 기대선 채 움직이지 않았다. 또한 원이 역시 그가 서 있는 것을 모를 리 없을 것인데 굳이 옆을 돌아보는 바도 걸음을 멈추는 바도 없었다.

석희는 누이의 뒤를 따라 서서히 발길을 옮겼다.

문득 눈앞에 원의 얼굴이 떠올랐다. 역시 가냘프고 맑은, 서먹서먹 사람을 대하는 눈을 가진 얼굴이다. 그러나 다음 순간, 얼마나 고약한 또 하나의 모습인가? 인색하다기보다는 훨씬 탐욕적인 그 용모는 아무리 보아도 흉하였다.

그는 끝내 얼굴을 찡그리고 돌아섰다.

그 후 사오 일 동안 석희는 누이와 별로 말이 없이 지냈다.

뭐라고 굳이 건넬 말도 없었거니와, 또 원이 방에만 꼭 들어 있어 잘 나오지 않았기에 더욱 말이 있을 수 없었는지도 모른다.

이밖에 철재는 철재대로 통 이런 데는 둔해 보였고, 태식이도 뭘 내색하지 않았으므로, 네 사람의 절간 생활은 겉으로 보기엔 전과 그리 다를 게 없었다.

어느 날 오후였다. 태식이도 낮잠을 자고, 또 암자에 가고 싶은 생각도 별로 없어서, 그는 혼자 샘가에 나와 세수를 한 후 뚜렷이 정한 것도 없이 아래를 향하고 걷고 있었다. 이때 문득 오른편으로 잡초를 가르고 빤히 뚫어진 작은 길이 보였다.

길이 뚫어져 딴 곳으로 이어진 데가 없는 것을 보아서도, 이 의젓한 반석이 놓여 있는 늙은 홰나무 밑이 이 절에서는 꽤 한몫을 보는 모양이었으나, 석희는 이 절로 오던 첫날 아침 우연히 이곳을 들어와 보았을 뿐, 그 후 한 번도 이 길을 걸어보지는 않았다.

그는 홰나무 밑까지 와서 걸음을 멈추었다. 그러고는 좌우에 밀집한 나무들과 무성한 잡초들을 언제까지나 보고 있었다. 얼마를 이러고 있었던지, 뒤에서 누군지 이리로 오는 기척에 그는 비로소 머리를 돌렸다. 오던 사람은 원이었다. 언제 그의 옆으로 왔던지 바로 뒤에서 서먹서먹 오라버니를 건너다보고 있었다.

"오빠!"

석희는 반석 위에 걸터앉으며 여전히 잠자코 있었으나, 그가 대단히 좋아한 누이의 이러한 눈을 이제 그로서 어떻게 대해야 할지, 딱히 엄두가 나지 않았다기보다도, 한편 이상하게 성가신 나머지 그는 얄궂은 역정이 나기도 해서 "왜? 왜 그래?" 하고 약간 거친 대답을 했다.

"나 집에 갈래요."

"왜?"

"……."

"안 가겠다더니 왜?"

그는 다소 언성을 높였다.

"이젠 갈래요."

"……이젠?"

그는 누이를 한순간 정면으로 바라보았으나 이내 잠자코 말았다. 원이의 며칠 새 드러나게 파리해진 얼굴이라든가, 더 싱글하니 꺼풀이 진 눈이라든가, 까시시 마른 입술이 이상하게 언짢은 마음을 가져왔다기보다도, 그는 갑자기 무언가 몹시 귀찮아져서 끝내 더 말할 흥미를 잃고 일어났다.

바로 이때였다. 별안간 건너편 숲에서 요란한 쟁투가 일어났다.

수풀 속이라 잘 분간할 수는 없었으나, 무엇인지 쫓고 쫓기는 기세만은 분명했으므로 두 사람은 모르는 사이에 그곳을 향해 긴장했다.

이윽고 한 놈이 오색 빛깔로 찬란히 깃을 치며 쫓기던 놈을 박차고 호기 있게 날았다. 장끼였다.

그러나 남은 한 놈은 아무리 기다려도 다시 수풀에서 나오지 않았다. 정말 어디에 가 그대로 죽은 것처럼 영 기척이 없었다…….

“언제 가니?”

“…….”

“내일 가거라.”

조금 후에 두 남매는 각각 헤어졌다.

석희가 우물 앞까지 왔을 때, 문득 절 종이 울려왔다. 늘 들어오던 종소리에서 그는 새삼스럽게 싫은 음향을 가려내며 잠자코 걸었으나 점점 멀어질수록 그것은 기막히게 싫은 소리였다.

웅얼웅얼, 허공에서 몸부림치다가 어느 먼 산기슭에 맺히는 육중한 음향은 마치 이무기가 신음하듯 어둡고 초조한 그런 것이었다.

순간 그는 마음속으로 당황히 손을 저어 철재를 혹은 태식이를, 그 외 누구누구를 황망히 찾아보았으나, 그러나 아무도 나로다! 대답하는 힘찬 손길은 있지 않았다.

점점 눈앞엔 어둠이 몰리고, 산이 첩첩하여 오로지 절벽이 천지를 닫은 것만 같았다.

# 양(羊)

흩뿌려져 있는 국화를 화분으로 옮겨 심다 말고 성재는 방으로 들어왔다. 오래 햇빛을 받아서인지, 별나게 방 안이 어둡고 또 한편으로 조용하기까지 해서 한동안 눈앞이 아리송송하고 귓속이 왱하니 울린다.

목침을 집어 들고 되도록 구석으로 가서 벽을 향하고 드러누운 것은, 이러한 때 빛이란 어둠보다도 더 어둡기 때문이다. 그는 두통이 나는 것도 같고 졸음이 오는 것 같기도 해서 일부러 눈을 감았으나 쉽사리 잠이 오는 건 아니다. 먼저 머리에 떠오르는 생각은 요 며칠 내로 바짝 더 번거롭게 구는 정래와의 교우관계다. 하기야 가족들의 심한 반대에도 불구하고 끝내 정래와 손을 맞잡고 수뭇골 산비탈로 올라와 짐승과 화초를 키우고 살아보기로 작정한 것만 보더라도 두 사람이 얼마나 가깝고 친한지를 알기는 그닥 어렵지가 않다. 그러나 친하면 그저 친했지 뭘 이렇게까지 번거로워하고 피로해하는 것인지 단지 알 수 없는 것은 이 점이다. 이래서 그는 이따금 뭐든 꼭 틀린 게 있을 거라고…… 그 올가미를 잡고 풀지 않고는 백 년을 사귄대도 헛것이고 단 하루도 마음 놓을 수가 없을 게라고 생각지 않은 바도 아니었다. 그러나 첫째로 어느 구석을 뚫고 헤쳐야 그 올가미가 나올는지 그에겐 도무지 엄두가 나지 않았을 뿐 아니라, 또 이렇게 다가서 생각을 정하려 들면 이번엔 어쩐지 모든 게 한껏 붐비고 귀찮게 느껴지는 생각이 먼저 용기를 뺏어가기도 해서 결국 그냥저냥 오늘까지 미뤄온 셈이다.

워낙 구석에 머리를 박고 드러누운 때문인지 모기 한 마리가 제법 드나들다가 볼때기에 내려앉는다. 그는 모르는 결에 철썩 뺨을 한 번 갈기고 눈을 떴다. 빠끔히 손바닥을 들여다보니 그놈의 형체는 거의 간 곳이 없고 오디빛이 나는 피만 한 덩이 나뒹군다. 그는 무슨 더러운 것이나 씻어버리듯 그것을 진흙이 더덕더덕 묻은 바지에다 썩썩 문질러 버린 후 다시 손을 겨드랑에 꽂았다. 아까와는 달리 방 안이 무척 밝다. 밝아도 이만저만 밝은 게 아니라 아주 소란하고 허술해서 어디 붙일 곳이 없도록 밝다. 그는 몸을 좀 더 오그려 바싹 벽에 다가가 누우며 다시 눈을 감았다. 그러고는 '무엇이 틀렸든, 뭐가 얽혔든, 아무튼 그 올가미를 잡고 좌우간 해결을 지어야지' 하는 생각을 오래도록 되풀이하고 있었다.

얼마를 이러고 있었던지, 문득 아래 축사에 있는 양을 무엇이 물어놓은 바람에 그는 새로이 정신이 번쩍 났다. 자세히 보니 목덜미를 아주 구멍이 뻥 뚫어지도록 물어놓은 것이다. 그 옆에 정래가 덤덤히 앉았다가 일어나며 "필시 범이 문 거요. 아니고야 요 중요한 목덜미를 요 모양으로 작살낼 놈이 어디 있겠소" 한다. 하도 어색해서 한동안 그대로 서서 보고 있노라니, 평소에도 유독 빛깔이 희고 키가 성큼하니 커서 그저 어리석어만 보이던 그놈이 덜컥 목덜미를 물리고 휘둘려 놓았으니, 이젠 아주 정신머리 다 빠진 놈처럼 눈을 빤히 뜬 채 피만 펵펵 쏟고 있다. 시가지에 내려가 의사를 데리고 온대도 두 시간은 걸릴 것이고, 이놈이 그때까지 지탱하리라고는 명이 하늘에 달렸대도 바랄 수 없는 일이라 성재는 그만 가슴이 메도록 슬프고 기가 찬다.

"천치 같은 놈이, 그래 백주에 끽소리 한마디 못 지르고……." 그는 양의 등에 덥석 손을 얹은 채 어찌할 바를 몰랐다. 기왕 죽을 테면 얼마나 아픈지 소리나 좀 질렀으면 차라리 시원할 것 같다.

마침내 그는 애꿎게 그놈을 잡아 흔들며 뭐라고 힘껏 고함을 치다가 그만 잠을 깨었다.

눈을 떠 멍하니 천장을 향한 채, 그는 거듭 신기하다. 꿈은 분명히 꿈인데 아무렴 세상에 이처럼 시원하고 다행한 일이 있을 수가 없다. 방금 그 끔찍하던 사실이 단박에 이처럼 아무 일 아닐 수가 있다니, 참 용케도 된 노릇이다. 허나 다음 순간 그는 맥없이 느껴지는 그놈에 대한 불안한 생각 때문에 끝내 일어나 밖으로 나오고 말았다. 좌우로 잔디가 깔리고 그 너머로 백합 스위트피 아네모네 이러한 화초들이 하늘거리는 가르맛살 같은 마당길이 대낮을 받아 조는 듯 고요하다. 문턱에서 졸고 있는 수탉이 깃을 치고 일어나는 바람에 그는 맥없이 놀라며 온실 앞까지 나오려니까, 조금 전에 옮겨 심어 놓은 국화분에 볕이 쨍쨍히 들어 있다. 그는 속으로 '김 군이 어디를 갔기에 저것을 그대로 두었을까' 하는 생각을 하며, 그것을 그늘 밑으로 들여다 놓은 후 막 축대를 밟으려는 참인데, 퍼뜩 옆으로 나무의 순을 자르다 말고 나지막한 향나무 그늘을 시렁 삼아 하늘을 바라보고 잠을 자는 정래가 눈에 띈다. 이래서 '역시 정래도 피곤했던 게라'고, 문득 실소하려던 그의 눈에 이번엔 실로 고독하고 고집스러운 또 하나의 모습이 커다랗게 나타난다.

마침내 그는 이 잠자는 벗의 얼굴로부터 묘한 압박과 불안을 느끼며 급히 층계를 밟기 시작했다.

늘 외로이 축사를 지키고 있는 젊은 양은 주인을 보자 짐짓 외면을 하며, 오물오물 풀을 새기고 있다. 역시 아무 일도 없었던 거다. 그는 잠자코 가까이 가 앞에 그득히 놓인 클로버를, 그중에서도 제일 난들난들한 맛있어 보이는 대목을 골라 가만히 입가에 대어주었다. 그러고는 싱겁게 볼기를 한번 툭 툭 쳐주고는 물러선다. 헌데 이놈은 무슨 버릇인지 멀리서 보면, 가령 모종밭에서 올려다볼 때라든가 저편 밭둑에서 건너다볼 때라든가, 이러한 때는 곧잘 저도 제법 귓전을 치며 마주 보아주면서, 이렇게 가까이 와 들여다만 볼 양이면 영 막무가내로 외면이다. '무슨 까닭일까?' 그는 한 손을 호주머니에 꽂고 어정어정 위 축사로 가면서도 여전히 알 수가 없다. 그러나 그가 위 축사로 와서 옹기종기 움직이고 있는 숱한 면양들을 들여다보고 있었을 때는, 벌써 그놈의 생각은 멀어진 때다. 그런데 뭣보다도 오늘따라 이곳이 꼭 돼지 우릿간 같아서 그는 이상하다. 옆으로 몸을 구부정히 하고 한참 동안 그것들을 보고 섰노라니, 이번엔 못 견디게 싫은 생각이 마침내 덜미를 잡고 다가선다.

면양이란 원체 배때기가 부르고 다리가 짧아 털이 긴 놈도 볼품이 그다지 시원치 못한 데다가, 엊그제 털을 깎아낸 놈이 그 누덕누덕 고약(膏藥)을 바른 꼴로 돌아다니고 풀을 먹고 하는 형상이란 참말 괴이쩍고 우스꽝스럽다기보다도 차라리 무안쩍은 불쾌를 금할 수 없다.

조금 후 그는 뒤곁 산림 쪽으로 걸음을 옮기면서 '면양은 죄다 팔아 버려야지' 하고 마음먹는 것이다.

정오에 가까운 숲속은 더욱 그늘이 짙다. 일부러 고개를 젖혀본댔자, 쉽사리 햇빛을 볼 수 없는 무척 잡목이 짙은 산림이다. 그는 몸에 추위를 느끼며, 옆으로 홈이 몹시 패인 소나무가 서 있는 바위 턱까지 와서는 그곳에 자리를 잡았다. 그러고는 그 앞에 무성히 돋아 있는 고비 풀이 신기한 것처럼 그것을 이모저모로 만져보고 또 뒤져보기도 하면서, 이런 종류의 남국 식물을 연상하고 있었다. 그러노라니 그것은 어느 잡초들 틈에서도 쉬이 가려낼 수 있는 윤이 흐르고 살진 것이어서 그는 새로이 신기하다.

이따금 마을 색시들이 이리로 드나드는 것을 그는 보았고 산나물을 꺾으려니 생각하기도 했으나, 이곳에 고비가 나는 줄을 몰랐다. 그러나 이러고 보니, 이곳이 꽤 깊은 골짜기기도 하려니와, 골짝 안에는 '오 장군'의 오래된 무덤이 있어 수목이 짙기로도 유명하다.

성재는 그대로 앉은 채 잠깐 주위에 밀집한 수목을 우러러본다. 그러고는 '내가 뭐 하러 이것을 샀을까?' 하고 다시금 생각해 본다. 사천육백 평이나 되는 울창한 삼림을 아무짝에도 소용이 없이 그저 좋아서 샀다는 것은 말이 안 되고, 설사 말이 된대도 이건 결코 그리 떳떳지 못한 이유임에 틀림이 없다.

'왜 이렇게 모든 것이 도무지 떳떳지가 못한 것일까?'

그는 못내 서글픈 생각이 들기도 한다.

뒤에서 무슨 인기척이 나는 것 같아서 성재는 그곳을 버리고 일어섰다. 잠깐 주위를 둘러보았으나, 다시 아무런 기척도 없다. 그러나 왼편 풀숲을 좇아 몇 걸음 내딛지 않아서 그는 맞은편 댑싸리 밭에 정래가 있는 것을 보았다. 정래는 웬일로 삼처럼 촘촘히 들어선 싸리나무를 헤치고 나는 듯이 달아나고 있다. 멀리서 보아도 눈에는 안광이 돋는 것 같고 온몸이 긴장하여, 그것은 꼭 무슨 짐승 같은 모습이었다. 드디어 정래는 보이지 않고 어디에서인지 꽝 하는 총소리가 들려왔다. 총은 본래 형이 쓰던 것으로 이리로 온 후 장난삼아 가지고 노는 것이었으나, 그는 순간 이상한 흥분으로 해서 모르는 결에 그편으로 달음질쳤다. 가까이 이르자 그는 "뭐요? 어떻게 됐소?" 하고 가쁘게 물었다. 정래는 그제야 긴장을 풀고 돌아서며 "꿩이 앉은 것 같아서 와봤더니 도무지 날아오르질 않으니……" 하고 시무룩이 웃었다. 정래 말을 들으면 꿩은 날아야 잡기 쉽고 기면 어렵다는 것이다.

성재는 저도 따라 숨을 돌리며 이번엔 객쩍게, 자기보다 두 살 아래인 나이에도 훨씬 노숙해 보인다고, 땀에 젖은 약간 검고 긴 얼굴이 몹시 아름답다고 생각하는 것이었다. 정래는 멀뚱히 서서 저를 보고 있는 성재가 이상한지 수건을 꺼내어 땀을 씻으며 “참, 손님이 왔던 것을……” 하고 말했다. 그러고는 누가 왔더냐고 물어볼 틈도 주지 않고 벌써 저만큼 앞서 걸었다. 그런데 무척 걸음이 빠르다. 기척도 없이 그저 성큼성큼 걷는 걸음인데 휘파람이 나도록 빠르다. 그는 저도 일부러 빨리 걸어보았으나 암만해도 따를 수가 없었다.

조금 후 그는 제풀에 아까보다도 더 천천히 내려오면서 이젠 보이지도 않는 그 뒷모양을 다시 한번 눈앞에 그려보는 것이었다.

아래 축사에 들러 그는 한 번 더 그놈의 등을 쓰다듬어 주었다. 아무리 보아도 착하고 귀하게 생긴 놈이다. 그러나 하도 먼 곳에 고향을 둔 놈이라 그런지 어딘지 몹시 쓸쓸한 데가 있어, 흡사 외로움이 찌들어 흰빛을 더한 것도 같다. 그러나 이러한 부질없는 생각이 스스로 쑥스러웠던지 막 발길을 돌리려는 참인데 마침 봉아가 키득키득 웃으며 올라온다.

"오빠 뭐 하우?" 하고 다가서면서 "아버지가 오빠 오랬어. 꼭 와야 한대. ……나더러 꼭 데리고 오랬어" 하고 뭐가 몹시 재미있는 것처럼 횡설수설 덜렁댄다.

"아버지가 왜?"

그는 한편으로 의아해하면서도 여학교 삼학년에 다니는 제 종매의 상기된 두 볼을 향해 놀리듯 웃어 준다.

"몰라, 몰라. 아무튼 오빠 오랬어."

봉아는 뒷짐을 지고 고개를 설레설레 저어, 시치미를 떼면서도 여전히 뭘 해죽해죽 웃고 있다.

그는 봉아를 데리고 축대를 내려오면서 "무슨 일일까" 하고 중얼거려 보는 것이었으나, 부르면 가야지 별수가 없다. 집안에 어른이라고는 어머니와 당숙밖에 없을 뿐 아니라 어머니께서 무슨 일이든 당숙과 의논하고 결단하는 터였으므로 당숙이 부른다면 곧 집에 무슨 일이 생겼나 짐작한다.

"큰댁 아주머니께서 어디가 편찮으시디?"

그는 마당을 들어서면서 한 번 더 물었다.

"아니야. 그런 것 아니래도."

봉아는 여전히 까불댄다.

하긴 요즈막에 와서 어머니나 당숙의 태도가 다소 달라진 건 사실이다. 전처럼 성재가 이런 산마루에 와서 고생(고생이라고 했다)하는 것을 몹시 반대하는 나머지 무슨 역정으로 해서 불러 내리는 게 아니라, 이를테면 백 살을 먹어도 '장가'를 가지 않으면 어린애라고, 성재의 이런 철딱서니 없는 짓을 막기 위해 자꾸 장가를 가라고 졸랐다. 허나 이곳엔 그로서 지난한 일이 한두 가지가 아니어서 뭣보다도 '선'을 보라고 닦달하는 데 난처했다. 본시 위인이 될 주제가 없거니와 또 그 '선'이란 것을 보고는 암만해도 장가가 잘 가지지 않을 것 같아서, 그는 결국 귀찮아지고 만다. 이래서 보지 않아도 좋으니 아무 데든 정하라고 말을 했다면 이건 참 그로서 큰 마음 먹고 한 흔쾌한 승낙인데도, 웬일인지 이렇게만 되면 집안에선 맥없이 겁을 먹고 파혼을 시켰다.

그는 일할 때 입는 양복바지를 다른 것으로 바꿔 입을까 하다가 우선 귀찮기도 하려니와, 옆에 봉아도 있고 해서 그냥 그 위에다 잠바를 걸치고 단추를 잠그면서 '혹 또 장가 말이 나올지도 몰라' 하고 생각을 하는 참인데 "아이 흉해라, 저게 뭐야" 하고 별안간 봉아가 핀잔을 준다.

"흉하긴…… 뭐가?"

"꼭 군밤 장수 같네."

봉아는 역시나 오라범의 복색을 트집 잡는 것이다. 성재는 그제야 제 모양을 굽어보며 "이만했으면 됐지, 흉하긴……. 이담에 너희 신랑이나 모양내 줘라" 하고 놀려주었다. 그랬더니 "오빤 꼭 저런 말만 하지" 하고는 아주 눈을 째지게 흘기면서 "오빤 어떤데 그래. ……가만히 있으니까, 아주 좋아서……" 하고는 뭔지 조소하듯 배시시 웃는 것이다. 이래서 그는 일부러 시치미를 떼고 "내가 어떻긴 왜? 너처럼 시집간댔니?" 하고 지레 떠봤더니 아니나 다를까, 봉아는 아주 발칵 해서 "내가 언제 시집간댔어, 거짓부렁이. ……지금 색시가 기다리고 있는 사람이 누군데 그래?" 하고 바로 직통을 내뿜는 것이다.

성재는 더 이상 뭘 물어볼 흥미도, 딴말을 꺼낼

명분도 없어서 한동안 방 가운데 그대로 멍청히 서 있었다.

봉아는 차츰 제가 무슨 잘못이나 저지른 것처럼 무언가 불안한 얼굴로 변해갔다. 하도 우스워서 "난 안 간다. 너 혼자 가거라!" 하고 말을 했더니, 봉아는 정말 낭패스러워하면서 나는 모른다고, 어떻게 할까 보냐고 덤벼들었다.

나중에 이야기를 자세히 듣고 보니, 봉아는 극비밀리에 성재를 꼭 데려올 것과 무슨 수로든지 옷을 갈아입게 할 것, 그리고 될 수만 있으면 면도라도 하게 만들라는 실로 중대하고 어려운 사명을 띠고 왔다는 것이다.

조금 후 그는 "그래 수단이 과연 그것뿐이었구나" 하고 봉아를 놀리면서도 봉아가 시키는 대로 옷을 입은 후 같이 집으로 내려왔다.

열 시가 훨씬 넘어서야 성재는 산으로 돌아왔다. 혼자만 집에 가서 식사를 하게 된 것이 정래에게 미안해서 닭볶이와 포도주를 사서 들고 올라왔다.

옆으로 서향, 동백 이러한 나무들이 열을 지어 서 있는 바깥문께를 들어서자 먼저 정래 방에 불이 켜진 것이 눈에 띈다. '혹 손님이 왔나?' 하고 짐작하면서 그는 마당으로 들어섰다. 요즈막엔 성재 방에서 두 사람이 거처했기 때문이다.

가까이 이르러 힐끗 방 안의 동정을 살펴봤더니, 과연 손님이 오긴 왔는데, 다른 사람이 아니라 바로 정래 누이 정인이다. 두 남매는 다소 머리를 숙인 채 무엇인지 꽤 흥분된 얼굴로 가만가만 이야기를 나누고 있었다.

성재는 먼저 그리로 들어갈까 하다가 돌이켜 자기 방으로 들어오고 말았다. 방 안은 휑뎅그렁하니 냉기가 돌고 불도 없이 두었으나 그는 별로 불을 켤 생각도 없이 그대로 아무 곳에나 몸을 던졌다. 그는 다소 피곤했다. 색시 선을 본다는 극히 평범하고 또 아무것도 아닌 행사가 그에겐 몹시 성가셨던 셈이다. 첫째로 그 '당사자'라는 사람들을 무슨 목탁처럼 앞에 놓고 그 주위에서 몇 번 오락가락 부산을 떨다가는 나중에 무슨 이유로 해서든 용케 빠져나가 버리는 대목을 곰곰이 생각을 해보면, 참말 요절할 일이 한두 가지가 아니다. 아무튼 언제 누가 이런 기묘한 법을 생각했는지는 모르나, 대단히 천덕스러운 노릇임에 틀림이 없다.

옆방에서는 여전히 이야기를 계속하고 있다. 무슨 말인지 몹시 얕은 음성이어서 잘 분간할 수 없었으나, 그 말의 억양이라든가 분위기에서, 내용이 다소 어렵고 복잡하다는 것을 그는 곧 알 수가 있었다. 이리하여 이번엔 조금 전 창 너머로 엿본 정인이란 색시의 얼굴을 그는 더듬기 시작했다. 물론 그는 정인이란 색시가 구두를 신는 것을 일찍이 본 일이 없다. 기다랗게 머리를 땋아 늘인 채 검정 치마나 쪽빛 치마에 흰 저고리를 즐겨 입었기에 그의 머릿속에는 단지 옛날부터 알았던 '처녀' 이외에 아무것도 아닐지 모른다. 그러나 '여학교도 나온 모양인데 무슨 취밀까?' 하고 그가 실없이 무시해 버리기엔 지나치게 흥미를 끄는 처녀였다. 지금도 그는 몹시 신선한, 다정한 곳이 있는 것도 같아 그곳을 헤치고 들여다보노라면, 이번엔 극히 배타(排他)하는 어떤 저항에 부딪혀 어지럽다.

성재가 등잔에 불을 켤 때쯤 해서 정래가 건너왔다. "언제 오셨소?" 하고 들어서면서 "그래 어떻게 되셨소?" 하고 묻는다. 그러나 성재가 흥미 없어 하는 것을 알고, 곧 말끝을 돌려 "형도 어서 장가를 드시고, 정인이도 빨리 시집을 보내야지……" 하면서 훨씬 농을 섞은 혼잣말 투로 중얼거린다.

성재가 잠깐 어리둥절해서 "무슨 말이오?" 하고 물으니까 "아니, 정인이한테도 좋은 신랑이 나섰다니 말이오" 한다.

성재는 어쩐지 이 말에 대답을 미처 못 했으나, 다음 순간 엉뚱하게도 지금 제가 무엇에 꼭 조롱을 당하고 있다는 이런 당찮은 생각으로 마침내 몹시 불쾌했다. 정래는 곧 밖으로 나가 누이를 데려다주려고 그 채비를 하는 모양이다. 채비가 다 되었는지 "내 잠깐 다녀오리다" 하고 정래가 문을 연다. 성재는 그렇지 않아도 두 남매에 대한 맹랑한 반발이 솟구치던 판이라 무슨 턱에 닿는 말인지 도무지 요령부득인 말로다 "그 뭘 그렇게 유별나게들 구시

오? 아무 데서나 어때서, 지금이 몇 신데……. 어째서 모두 그렇게 까다로운 거요?" 하고, 마치 뭘 뱉어내듯 내던지고 말았다.

정래는 한동안 어처구니가 없는지 그대로 잠깐 서 있더니 문을 닫고 자기 방으로 건너가면서 이번엔 지나치리만큼 커다란, 그러나 무척 사람 좋은 목소리로 "정인아! 너 그만 예서 자거라" 하고 말하는 것이다. 그러고는 "너무 늦어서 원……. 너 예서 자면 내일 고비도 꺾고 재미있을 게다" 이런 말도 하는 것이다. 하지만 이건 생트집을 받아주는 것도 분수가 있지, 아무리 늦기로서니 오밤중이래도 처녀가 집으로 돌아가지 않고 남의 총각이 살고 있는 산마루에 와서 밤을 새우다니 온당치 못하다. 정말 친구의 말을 좇아도 분수가 있다. 그러나 성재는 천장을 향해 턱을 고이고 앉아 생각을 하니 일이 난처하기 짝이 없다. 만일 두 사람이 승부를 따지고 본다면 이건 자기가 져도 뭐 이만저만 진 게 아니다.

마침내 그는 못 견디게 불쾌한 감정으로 인해, 한동안 어찌할 바를 몰랐다.

이튿날 아침 성재는 외톨 소나무가 비스듬히 서 있는 맞은편 잔디밭에 엎드려 오랫동안 무엇을 주저하고 있었다.

지난밤에 정래는 누이를 자기 방에서 자게 한 후 곧 성재 방으로 건너왔고, 와서도 정말 아무렇지도 않은 양 먼저 자리를 편 후 성재보고도 고단해 보이니 빨리 자라고 권했다. 그는 여전히 뭐가 찝찝해서 도무지 유쾌하지가 못했으나 이 이상 역정을 내기는 더 싫은 일이어서 그저 권하는 대로 자리에 든 셈이다. 그러고는 가지고 온 술을 나누어 마시기로 했다. 원체 성재는 술을 좋아했으나 정래는 그다지 좋아하지 않았으므로 찻종지로 두 잔을 마시더니 제법 얼굴이 붉었다. 성재는 정래가 평소 과묵한 대신 취하면 훨씬 다변하는 것을 안다. 이래서 남아 있는 한 잔을 정래에게 권하며 이번엔 장차 있을 이야기에 대한 기대와 흥미를 가만히 가져보는 것이었다.

조금 후 정래는 과연 말이 많아져서 나중엔 그의

수없는 여정(旅程, 정래는 이 말을 즐겨 썼다)에서 만난 아름다운 여자들의 이야기까지 하는 것이었으나, 기실 지금 성재가 기다리고 있는 근처엔 쉽사리 가려고 않는다. 그는 거의 진력이 나는 것을 지그시 참는 한편, 방금 이야기가 모두 처음 듣는 이야기임에 다소 놀라며 "당신은 이야기를 얼마나 지녔소?" 하고 물어봤더니, 정래는 이 말에 대답은 없이 다만 소리를 내어 조금 웃을 뿐이었다. 성재는 그 웃는 얼굴이 몹시 아름답다고 생각하며, 이번엔 그곳에 야릇하게 끌리고 있는 자기를 발견했다. 그는 전에라도 이렇게 가깝게 접근하게 되면 늘 무엇인지가 불안했다. 이것은 끝내 저편에 대한 경계를 새롭게 했던 것이다.

잠깐 건너다보고 있던 정래가 "뭘 생각하오?" 하고 물으면서 이번엔 제법 정색으로 "우리 이런 일 이젠 관둡시다" 한다.

"어찌 된 말이오?" 하고 성재가 물으니까 "당신은 내게 자꾸 속는 것 같은 일종의 공포가 있지 않소? 이건 나도 똑같습니다. 요컨대 자기 이외에 아무것도 신뢰하지 않는 사람들이 '남'과 접촉한다는 것은 대단히 위태로운 일일 거요" 하면서, 성재 말에 대한 대답이라기보다도 자기 생각을 말하는 것이었다.

"신뢰 없이 친한 법도 있소? 우리는 누가 보아도 가까운 사이가 아니오?"

성재는 한편으로 말을 하면서 정래의 기색을 살폈으나 정래는 이 말에도 대답은 없이, 그대로 제 말을 계속했다.

"이런 사람들에게 제일 두려운 일은 역시 '애정의 문제'인데…… 가령 이 사람들이 누구를 사랑해 보구려, 얼마나 진력이 날 노릇인가."

말을 마치자 정래는 가벼이 웃었다. 성재는 모르는 결에 정래 말을 가쁘게 좇으며 "진력이 날 노릇이라니, 웬 말이오?" 하고 마주 보았다.

"당신은 나보고 무턱대고 믿으라고 명령하지 않소? 그러고는 화해하라고, 타협하라고 명령하지 않소? 하지만 그처럼 고집하는 당신을 내가 어떻게 믿고 화해하냐 말이오."

역시 성재가 물어본 말과는 다소 동떨어진 대답이었으나, 그는 한순간 기가 막혔다. 이것은 바로 정래에게 하고 싶었던 자기의 말이었기 때문이다.

"내가 뭘 고집했기에 하는 말이오."

성재가 어이없어 이렇게 물었는데도 정래는 조금도 주저하는 빛이 없이 "'고독'이오. 어떠한 평화도 욕망도 정열까지도 이곳에 들어오면 살아나지 못하는 고독이란 괴물이오" 하면서 "사람이 감동하지 않는단 건, 아무것에도 격하지 않는다는 사실은 실로 두려운 일일 겁니다" 하였다.

성재는 한동안 잠자코 있었다. 역시 잘 연락이 닿지 않는 말들이다. 그러나 다음 순간 그는, 누구보다도 잘 감동할 줄 아는 사람들이 아무것에도 격하지 않는다는 사실이 얼마나 차단된 고독한 상대인가 싶었다기보다도, 지금껏 자기가 제일 싫어하고 괴롭게 여긴 것이 정래가 고집하는 이 '고독'이 아니었던가 싶다. 그러나 이것을 지금 정래도 자기에게서 똑같이 느낀다고 한다. 만일 이렇다면 아무것도 살아나지 못한다는 이토록 무서운 고독을 두 사람은 어쩌자고 이처럼 고집해 온 것인지, 그는 한순간 하나는 동으로 오고 하나는 서로 와, 어느 십자로에서 후딱 튀어나와 맞서게 된 두 개의 도깨비를 보는 것도 같은, 이상하게 섬찟하고 싫은 생각에 눌려 여전히 말을 잃고 누워 있었다.

"이러한 것은 정인이에게 있어서도 똑같을 겁니다."

별안간 정래가 다시 건넨 말이다.

"그분에게 있어서도 똑같다니?"

"아, 정인이가 당신을 좋아했기에 하는 말이오."

그러나 이건 더욱 어려운 말이다. 잘 믿어지지 않는 말이나, 만일 이것이 정말이라면 조금 전 그를 위해 좋은 신랑이란 누굴 두고 한 말이며, 똑같단 건 또 뭐가 똑같다는 말인가? 도무지 요령부득이다. 그러나 이렇게 갈팡질팡하는 자기를 저편에 보이기가 어쩐지 싫어서, 그는 일부러 느릿느릿한 말투로 "그야 어찌 됐든 아까 신랑이 나섰다고 했는데 그 사람은 누구요?" 하고 물어봤다.

"당신도 알지 않소 왜. 삼각정에서 양품점 하는

박이라는 청년 말이오."

정래는 조금도 거침이 없다.

모든 것을 오리무중으로 돌린다면 그뿐이겠으나, 그는 웬일인지 이 말을 듣자 황망히 박이란 청년을 기억 속에서 찾고 있었다. 하긴 제법 괜찮은 데가 있는, 꽤 똑똑하게 생긴 청년이다. 그러나 어딘지 상스럽고 비속한 데가 없지 않아 정인이란 색시의 배우자로는 암만해도 부족한 데가 있었다.

"그래, 그 사람을 매씨가 좋아한단 말이지?"

지나치게 가라앉은 말소리다. 그러나 정래는 무표정한 웃음을 띤 채 "잘 알 수 없단 말 아니오?" 하고 도로 물으면서 "정인이가 그 사람을 좋아한다면 그건 단지 그 사람이 하천(下賤)한 사람이라는 것, 그래서 안심할 수 있다는 것 때문일 거요" 하고 말했다.

일이 이렇게 되었다면, 설사 성재로서 오랫동안 정인이를 연모해 온 터라 해도, 더 뭐라고 할 말이 없게끔 된 셈이다. 그러나 다음 순간 그는 이처럼도 고집하는 두 남매를, 이대로 영원히 놓쳐 보낼 수는 도저히 없었다. 이건 무슨 애정이나 미련에서라기보다도, 훨씬 자조에 가까운 역시 그 '고집'에서다. 마침내 그는 어떻게 해서든지, 정말 무슨 수로 해서든지 꼭 잡아보고 싶은 꽤 사납고 끈기 있는 욕망에 괴로웠다.

"내가 당신한테 요구한 것을 당신이 나한테다 요구를 해서, 내가 그것을 완전히 들어줄 수 있다면, 일이 어찌 되겠소?"

조금 후 성재가 건넨 말이다. 이 말을 듣자 정래는 시무룩이 웃으며 "그런 명령이야 나도 당신한테 많이 했지 않소" 하고 대답하는 것이었으나, 역시 조금도 요동이 없는 싸늘한 말이다. 마침내 성재는 몸을 일으키며 "정말로 내가 매씨를 사랑하고 있었다면, 그리고 매씨가 '안심'할 수 있는 그러한 '하천'한 사람이 될 수도 있다면, 일이 어떻게 되겠소?" 하고 다잡았다.

"잘 믿지 않을 거요."

성재는 이 말을 듣자 이상하게 괴로웠다. 사람과 사람끼린데, 더구나 이렇게 사랑하는 사람끼린데,

무엇이 이처럼 여지없는 장벽을 가져왔나 싶다.

"여보! 이건 지옥이오!"

마침내 그는 자기도 모르는 말로 벗을 바라다보았다. 순간 정래도 뭔지 괴로운 얼굴이다. 그러나 역시 그 이외엔 아무것도 아니었다.

성재는 도로 자리에 누웠다. 몹시 피곤하였다.

조금 후 정래는 극히 낮은 목소리로 "정인이에게 대한 이야기는 형이 직접 물어보시오" 하면서 이번엔 사뭇 혼잣말 투로 "우리 훨씬 늙거든 어디에서고 만납시다. 그래서…… 그곳에서…… 우리도 그 '승천(昇天)'이란 것을 하게 합시다" 하고 말하는 것이었다.

외톨 소나무가 서 있는 산비탈에 오래도록 누워 있던 성재는 마침내 산림을 향하고 걷기 시작했다. 한걸음 내딛기 시작하자 웬일인지 그는 옆도 뒤도 돌아보지 않고 달음질치듯 수풀을 헤치고 깊이 자꾸 깊이로만 들어갔다. 단 몇천 평밖엔 되지 않는 산림 속이 수천만 평이나 되는 대삼림 속인 것처럼 어지러운 착각을 일으키며 그는 집요히도 정인이란 매씨를 찾아 방황했다. 그러나 그는 결코 그리 어려운 곳에 숨어 있지는 않았다. 전날 성재가 머물렀던 바위 턱에 오도카니 앉아 어디론지 먼 곳을 바라보고 있었다.

성재는 잠깐 걸음을 멈추었으나 곧 다시 걷기 시작하였다. 이젠 바로 한걸음 앞에 있다. 그러나 웬일인지 정인은 그가 오는 줄을 조금도 모른다. 최후였다. 그는 드디어 이름을 불렀다. 그것은 결코 그리 큰 음성이 아니었으나, 놀라리만큼 그것을 크게 느끼며 그는 한 번 더 "정인 씨" 하고 불렀다.

정인이는 성재로부터 이름을 불리고 곧 일어섰다. 다소 놀라는 표정이었으나 그것은 극히 희미한 순간의 것이었고...... 그러고는 전과 조금도 다름없는 그저 겸손하고 다정한 얼굴이었다.

성재는 얼굴에 찬 기운을 느끼며, 그 홈이 몹시 패인 소나무에 기댄 채 잠깐 정인이의 눈을 지키고 있었다. 그러나 그 다정한 눈은 역시 그에게 생소한 것이었고 타인의 것이었다.

다음 순간 그는 심한 현기증으로 하여 잠깐 눈을 감았으나, 신기하게도 눈 안에는 아무것도 없었다. 설사 지금 이 한 꺼풀 밑에 또 하나 다른 정인이의 눈이 초조히 성재를 기다리고 있대도 그는 이 이상 어떻게 더 행동할 도리는 없었다.

조금 후 그는 앞에 다소곳이 서 있는 여자가 무서웠다기보다도, 저 자신이 무서웠다. 이처럼 아집스럽게 거절하는 사람들을 그는 일찍이 상상할 수가 없었던 것이다.

그는 몸을 바로 세워 가까스로 한 걸음을 다가서며 “무슨 나물을 뜯습니까? ……고비는 저 아래 많이 있던데” 하고 빈 웃음을 지었다. 만사는 끝이 난 셈이다. 여자도 따라 똑같은 웃음을 지으며 나물을 잘 알거든 알려달라고 말했으나, 웬일인지 그는 이 말에 대답을 잘 못할 만큼 심한 두통과 메스꺼움을 느끼며 그대로 서 있었다.

마침내 그는 그곳을 떠나, 조금 후엔 지향 없이 산속을 걷고 있었다. 어디를 들어왔는지, 문득 길이 막히고 앞에 높은 언덕이 가로놓였다. 잠깐 망설이고 있노라니 어디에서인지 솔방울 하나가 잡목 틈으로 바스스 굴러떨어진다. 하도 나뭇잎같이 나부끼는 것이라 집어 봤더니, 그것은 마치 오랜 세월을 보낸 듯 좀이 먹고 거미줄이 얽힌, 가볍기가 허깨비 같아서 완전히 썩은 것이었고 죽은 것이었다. 꼭 딱지 같았다. 이미 저 거대하고 오만한 체구엔 손톱만치도 필요치 않은 무슨 종기의 딱지와도 같은 그러한 것이었다.

성재는 손에 묻은 거미줄과 좀티를 털고 돌아섰으나, 다시 사방은 죽은 듯 고요하고…… 목을 조르는 듯 다가서는 애매한 초조 때문에 그는 뿌리치듯 황황한 걸음으로 급히 언덕을 오르고 있었다.

언덕 너머엔 바로 오래된 무덤이다.

무척 잔디가 고왔다.

성재는 그곳에 자리를 잡고 아무렇게나 주저앉았다. 몹시 피곤하고…… 자꾸 졸음이 오는 것 같다. 자고 싶었다. 잠을 자면은, 자꾸 무수히 잠을 자면은, 어쩌면 혹 여기에도 태고와 같은 '편안'이 찾아와 줄지도 몰랐다.

차츰 동공이 졸아들어 시야가 쉴 새 없이 명멸한다. 모든 물체가 한낱 허공을 그린 채 소실되는가 하면, 다시 집중되어 다가서는 강한 '빛'으로 해서 그는 자주 현기증을 느꼈다.

마침내 그는 깊은 졸음 속으로 흘러들며, '그래서…… 그곳에서 '승천'을 하게 되면 해도 좋고……' 라고…… 벗의 말도 그의 말도 아닌 먼 곳에의 이야기를, 가만히 입 속으로 외어보는 것이었다.

# 옮긴이의 글

백종륜

야릇하고 쓸쓸한 세계

"나는 진정 네가 좋다! 웬일인지 모르겠다. 네 작은 입이 좋고, 목덜미가 좋고, 볼따구니도 좋다! 나는 이후 남은 세월을 정희야 너를 위해, 네가 다시 오기 위해 저 밤하늘의 별을 바라보듯 잠잠히 살아가련다." 1940년 12월 26일 소인이 찍힌 한 편지에 등장하는 문장이다. 수신자인 작가 최정희를 향한 낭만적 감정을 담은 이 편지는 60여 년의 세월을 건너 2001년 처음 대중에 공개되었다. 편지의 발신인은 이현욱, 작가 지하련의 또 다른 이름이다. 그런데 2014년 여러 언론을 통해 이 편지가 이상이 최정희에게 보낸 연애편지로 잘못 소개되는 해프닝이 벌어지기도 했다. 국문학자 김주현은 이 편지가 마치 "남자가 여자한테 보낸 연서"처럼 보였다는 사실이 이러한 착시의 기저에 놓여 있었으리라 설명한다.[1] 오직 이성애만을 자연스러운 것으로 규정하는, 그리하여 모든 형태의 낭만적 감정을 단 하나 이성애적인 것으로 귀속하고 환원하는 이성애규범적 인식이 이러한 착시와 오해를 불러일으켰다는 것이다. 이처럼 당시 지하련과 최정희가 나누었던 감정의 실체를 오롯이 파악하지 못하게 가로막는 원인이 이성애규범적 독해의 관습이라면, 이러한 관습으로부터 벗어나 지하련의 소설을 '다시' 읽을 때 우리는 어떠한 새로운 앎에 도달할 수 있을까.

지하련은 1912년 7월 11일 경남 거창에서 부유한 집안의 서녀(庶女)로 태어났다.[2] 도쿄 쇼와고녀를

1 김주현, 「이상 '육필 원고'의 진위 여부 고증」, 『어문론총』 81, 한국문학언어학회, 2019, 161, 163쪽.

졸업하고 도쿄 여자경제전문학교에서 수학한 지하련은 일본 유학 당시 사회주의 계열의 여성해방단체인 근우회 동경지부 등에서 활동했던 것으로 보인다. 지하련의 사회주의 활동은 마찬가지로 도쿄에 위치한 니혼대학교에 유학하면서 카프(KAPF, 조선 프롤레타리아 예술가 동맹) 동경지부를 비롯한 여러 사회주의 단체에 가담했던 이복 오빠 이상조의 영향을 받은 것으로 추측된다. 귀국 후 조선공산주의자협의회 사건에 연루되어 4년간의 옥고를 치른 이상조는 고문 후유증으로 허리를 다쳐 마산 산호리에서 은둔 생활을 했다. 지하련의 「체향초」(1941)에는 불행한 일로 등을 다친 뒤 산호리에 은둔하며 화초와 가축을 기르는 삶을 살고 있는 전향자 출신의 오빠가 등장하는데, 이 캐릭터가 바로 이상조를 모델로 한 인물이다. 은둔이라는 키워드를 중심으로 「체향초」와 연작 관계를 이룬다고 평가받는 「종

2 지하련의 생애에 대해서는 장윤영, 「지하련: 여성적 내면의식에서 사회주의 여성해방운동으로」, 『역사비평』 40, 역사문제연구소, 1997; 이장렬, 「지하련의 가계와 마산 산호리」, 『지역문학연구』 5, 경남지역문학회, 1999 등 참조.

매」와 「양」에 등장하는 남성 인물들 역시 사회주의 사상의 포기, 즉 전향이라는 과거를 가지고 있는 것으로 해석할 수 있다. 해방 이후에 발표된 「도정」(1946) 정도를 제외하면, 지하련의 소설은 인물들의 '과거'를 생략한 채 오직 '현재'만을 그리는 경향이 있으며, 이는 결과적으로 지하련의 소설을 알쏭달쏭한 "암호문"처럼 읽히게 만들기도 한다.[3] 따라서 지하련 소설의 독자들은 작품의 진의를 온전히 파악하기 위해 작가의 전기적 사실 등을 통해 이 생략된 과거를 적극적으로 채워 넣으며 읽을 필요가 있다.

조선으로 돌아온 지하련은 일본에서 사회주의 운동을 하는 중에 이미 만난 적이 있으리라 짐작되는 사회주의 시인 겸 평론가 임화와 1936년 결혼식을 올렸다. 지하련의 집안에서는 임화와의 결혼을 강력히 반대했는데, 당시 임화가 자식이 있는 이혼남이었던 데다가 결핵까지 앓고 있었기 때문이

3 서정자, 「어두운 시대와 윤리감각-지하련」, 지하련, 『지하련 전집』, 푸른사상, 2004, 272~273쪽.

다. 어렵게 결혼에 성공했지만 지하련의 결혼 생활은 그리 순탄치 않았던 듯하다. 여기에는 결혼 후에도 여러 여자를 만나고 다녔던 임화의 여성 편력도 큰 영향을 미쳤다. 임화는 1939년에 발표한 한 산문에서 아내가 있는 남성 혹은 남편이 있는 여성과의 연애를 '간통'이나 '불륜'이라 여기는 것은 개인의 자유로운 욕망을 속박하는 혼인 제도에 순종하는 행위라고 쓴 바 있다.[4] 이는 식민지 시기를 풍미했던 자유연애 담론과 같은 궤도에 놓이는 주장으로서, 당시 자유연애는 봉건적 유교 질서로부터의 벗어남과 근대적 개인으로의 거듭남을 의미했다. 그러나 자유연애라는 이상과 결혼 제도라는 현실은 결국 충돌할 수밖에 없었고, 이는 지하련에게 '죽음과도 같은 고독'을 안겨주었다. 지하련의 「결별」, 「가을」, 「산길」은 두 명의 여성과 한 명의 남성으로 이루어진 동일한 삼각관계를 각각 친구, 남편, 아내를 초점화해 서술하는 가운데, 바로 이 충돌의 장면을 포착하고 그것이 불러일으키는 고독을 이

4 임화, 「안해 있는 사람과의 사랑」, 『여성』 4(4), 1939.4.

야기한다.

데뷔작인 「결별」에서부터 「가을」과 「산길」에 이르기까지 반복적으로 묘사되는 이 삼각관계는 그보다 앞서 발표되었던 최정희의 「인맥」(1940)에서도 정확히 동일하게 그려진다. 최정희가 한 수필에서 에둘러 밝히고 있듯 「인맥」은 실제로 지하련의 경험을 소재로 한 작품임이 분명해 보인다.[5] 그렇다면 지하련은 왜 똑같은 이야기를 세 번에 걸쳐 다시 썼던 것일까. 서정자는 이것이 자신의 경험을 소설화하면서도 아내인 자신의 입장이 아니라 애인인 친구의 입장을 최정희가 오히려 옹호한 데 대한 분노의 결과라고 해석한 바 있다.[6] 그러나 지하련의 다시 쓰기는 자유연애에 기반해 근대적 개인으로 거듭나려는 신여성의 욕망, 그리고 그러한 욕망을 좀처럼 인식하고 인정하지 못하는 가부장적 남편과의 심정적 '결별' 등을 다각도로 조명하기 위한 선택에 더 가깝다고 판단된다. 하지만 서둘러 덧붙

5 최정희, 「내 소설의 주인공들」, 『젊은 날의 증언』, 육민사, 1963.
6 서정자, 「지하련의 페미니즘소설과 '아내의 서사'」, 『지하련 전집』, 352쪽.

이건대 「결별」 연작 속 여성들은 가부장제적 결혼 제도의 구속으로부터 벗어나 자유연애를 적극적으로 옹호하고 실천할 뿐 아니라, 강제적 이성애 제도 자체로부터 벗어나 근대적 주체로 도약할 수 있는 가능성의 공간이었던 여학교에서의 'S 관계' 경험을 회상하기도 한다.[7] 이때 S 관계란 '시스터(sister)'의 첫 글자에서 따온 표현으로, 당대 여학교의 '동성연애' 문화 안에서 주로 여성들 사이의 낭만적 친밀성을 가리키기 위해 사용되었던 용어이다. "학교를 마치던 해 정희와 도망갈 약속을 어기던 일, 별로 맘이 내키지도 않는 것을 어머니가 몇 번 타이른다고 그냥 시집갈 궁리를 하던 일, 생각하면 아무리 제가 한 일이래도 모두 지랄 같다"라는 「결별」의 구절은 형예와 정희가 과거 S 관계였음을 암시하는 동시에, 가부장제에 종속되어 있는 현재의 자신과 그것으로부터 벗어나 자신의 욕망을 '자유롭게' 표출하며 근대적 주체로 거듭날 수 있었을지 모르는

7 하신애, 「전시체제 하의 여성성과 징후로서의 동성애」, 『반교어문연구』 32, 반교어문학회, 2012.

과거의 가능성을 형예가 비교하고 있음을 보여준다.

그런데 「결별」 연작은 여성 인물들이 과거에 맺었던 S 관계를 괄호 치고 그것에 대해 침묵하는 양상을 보인다. 여학교 내의 '동성연애' 문화인 S 관계는 식민지 시기에 남성과의 성적 접촉을 방지해 여학생의 '순결'을 유지해 주고, 나아가 정서 발달을 촉진해 가족 제도의 존속을 위한 결혼과 재생산의 의무를 더 잘 수행할 수 있게 해준다고 설명되었다. 이처럼 여성 동성애가 이성애를 위한 준비 단계 정도로 규정된 결과, 1920년대 이후 여러 매체에는 S 관계에 대한 흥미 본위의 재현과 더불어 S 관계를 고백하는 당사자들의 고백이 상당히 많이 실렸다. 이는 당시의 독자들이 현재의 독자들보다 S 관계에 훨씬 더 친숙했으며, 따라서 여학생들 사이의 미묘한 관계가 굳이 동성(연)애나 S 관계 등으로 명시되어 있지 않더라도 이를 충분히 감지할 수 있었음을 의미한다. 작품에 재현된 여학교 시절의 '우정'을 이성애자 여성들 사이의 완벽하게 탈성화된 친밀성으로 읽는 이성애규범적 독해 관습으로부터 벗어나, 당대 독자의 감각을 염두에 두고 이 '우정'을 S 관계로 일단 '의심'해 보는 독법은 지하련의 소설을 읽는 과정에서 생략된 과거를 채워 넣는 또 다른 방식에 해당한다. 「가을」에서 여학교 시절 "가장 친했던 동무"인 석재의 아내와 정예 사이의 관계를 이렇듯 '퀴어하게' 다시 읽을 때, 아내의 죽음 앞에서 주체할 수 없이 눈물을 흘리는 정예의 모습이 "단지 벗을 잃은 슬픔만은 아닌 듯했다"라는 대목을 새롭게 해석할 여지가 생긴다.

지하련의 소설을 '퀴어하게' 다시 읽는 또 하나의 방법은 바로 지라르(René Girard)의 삼각형의 욕망 개념을 활용하는 것이다. 지라르는 주체가 대상을 욕망할 때 그 사이에는 반드시 중개자의 욕망을 모방하는 간접화 과정이 존재한다고 주장한다.[8] 세즈

8 르네 지라르, 『낭만적 거짓과 소설적 진실』, 김치수·송의경 역, 한길사, 2001, 41~50쪽. 지라르의 이론을 적용해 「결별」 연작 속 여성들의 모방 및 동일시 욕망을 여성들 사이의 동성애적 욕망으로 재해석한 논의는 김주리, 「신여성 자아의 모방 욕망과 '다시 쓰기'의 서사 전략」, 『비평문학』 30, 한국비평문학회, 2008 참조.

윅(Eve Kosofsky Sedgwick)은 이러한 삼각형의 욕망 속에서 주체와 대상 간의 사랑보다도 주체와 경쟁자 사이의 유대감이 더욱 강력하고, 이 유대감이야말로 주체의 행위와 선택에 더욱 결정적이며, 이러한 유대감에는 기실 동성애적 욕망이 포함되어 있다고 설명한다. 나아가 그가 지라르의 삼각형의 욕망과 루빈(Gayle Rubin)의 여성 거래 개념을 종합해 제시했듯, 두 명의 남성과 한 명의 여성으로 이루어진 삼각관계에서 남성들은 여성을 거래함으로써 경쟁자 남성에 대한 동성애적 욕망을 효과적으로 은폐하고 남성들 간의 연대를 더욱 공고히 한다.[9] 지하련이 임화를 따라 월북할 무렵 출간된 그의 처음이자 마지막 작품집인 『도정』(1948)에 실린 미발표작 「종매」와 「양」 역시 이러한 맥락에서 독해할 수 있다. 「종매」에서 "이상한" 것으로 감각되는 석희와 철재 사이의 친밀성이 더욱 강렬해짐에 따라 당초 삼각 구도의 중심에 놓여 있던 정원이 점차 주

9 Eve Kosofsky Sedgwick, Between Men, New York: Columbia University Press, 2015.

변화되는 장면이라든가, 「양」에서 정래를 향한 '야릇한 압박과 흥분'을 느끼는 성재에게 정래가 자신의 여동생 정인을 '증여'하려 하지만 성재가 정인은 결코 정래를 '대체'할 수 없음을 깨닫는 장면 등은 독자의 새로운 주의를 요구한다.

1946년에 발표한 소설 「도정」으로 문단의 큰 주목을 받았던 지하련은 해방기에 조선문학건설본부와 조선부녀총동맹 등에서 의욕적으로 활동했던 혁명적 지식인이었다. 그러나 월북한 후 지하련이 어떤 삶을 살았는지에 대한 정확한 정보는 존재하지 않는다. 1953년 임화가 남로당 숙청 정국에 휘말려 처형을 당한 뒤, 만주에서 뒤늦게 이 소식을 들은 지하련이 실성한 채 이곳저곳을 헤매 다니다가, 1960년에 평북 회천의 한 교화소에서 병사했다는 설만이 전해질 따름이다. 이 책은 지하련이 발표한 소설 중에서 가부장제에 복속되지 않는 퀴어한 삶의 방식을 그린 것으로 해석할 수 있을 만한 작품들을 추려 현대어로 '번역'한 것이다. 한국어로 쓰인 식민지 시기의 작품을 다시 한국어로 번역한다는 것은 이례적인 일에 속한다. 국문학계에서는 '저자'와 '시대'를 존중하는 의미에서 현행 맞춤법에 맞게 표기를 바꾸되, 단어나 문장 등은 고치지 않는 것이 관례이기 때문이다. 그러나 이 책은 이러한 관습으로부터 잠시 벗어나 '독자'를 보다 존중하는 시도로서 기획되었다. 지하련의 원문이 가지는 고유한 분위기를 느낄 수 있는 단행본은 이미 여럿 존재하지만, 지하련 외에는 용례를 찾아보기 힘든 방언이나 사어(死語)가 되어 더 이상 쓰이지 않는 단어들이 자주 등장하는 그의 소설을 현재의 독자가 쉽게 이해할 수 있도록 구성된 작품집은 없었다. 이 책은 작품의 분위기를 크게 해치지 않는 한도 내에서 지하련의 소설에 대한 독자의 접근성을 높이는 데 주력하고자 했다. 지하련 소설이 담고 있는 퀴어성이 더 많은 동시대 독자에게 가닿을 수 있다면, 또 죽음의 정확한 경위조차 전해지지 않는 비운의 작가 지하련에 대한 더 많은 관심을 촉발하는 데 이 시도가 작은 기여라도 할 수 있다면 더 바랄 나위가 없겠다. 끝으로 번역 과정에서 세심한 조언을 준 편집자 정다움 선생님에게 감사를 전한다.

《이따금 난 네가 몰라져서 쓸쓸탄다》
북펀드에 참여해 주신 독자 분들께
감사의 마음을 전합니다

BEAN
KLKIM
Rachelly
SE
감민지
감자
강민선
강하은
고민
구세주
구유
김나무
김누리
김다나
김도희
김보라
김우영
김현영
노태훈
달밤에술한잔
류하진
몽리호
박재연
박정민
북스스
소양
송민지
신예진
신현지
아밀
아샬
양양
연
올리브
위금실
위재하
유정현
윤비원
윤소희
이건희
이루리
이보배
이서영
이승미
이심지
이연숙
이조흔
이종현
이주혜
이현주
임솔아
전서원
정민기
정쥬르
조성연
최수민
최진영
큐큐화이팅
하릴
현
홍석영
후사
희깅

외 15명

## 지하련(池河蓮, 1882~1960?)

1912년 경남 거창에서 태어나 마산에서 자랐다. 도쿄 쇼와고녀와 도쿄 여자경제전문학교에서 수학한 지하련은 일본 유학 시절부터 사회주의 여성해방 단체에서 활동한 혁명적 지식인이었다. 1936년 사회주의 시인이자 평론가인 임화와 결혼한 후 이현욱이라는 이름으로 문예지에 산문을 발표하기도 했던 지하련은 1940년 『문장』에 소설 「결별」을 발표하며 본격적인 작품 활동을 시작했다. 인간의 심리를 섬세한 필치로 묘파하는 지하련의 문학 활동은 절친한 동무이자 퀴어한 감정을 나누었던 상대인 작가 최정희의 독려에 힘입은 바가 컸다. 1946년 발표한 「도정」으로 문단의 큰 주목을 받았지만 1947년 임화를 따라 월북한 뒤 지하련의 삶이 어떠했는지에 대해서는 알려진 바가 거의 없다. 1953년 임화가 숙청된 후 1960년 평북 회천의 한 교화소에서 병사했다는 설이 전해질 따름이다. 지하련의 월북 이후인 1948년에 출간된 『도정』은 그의 유일한 작품집으로 남아 있다.

## 옮긴이 백종륜

대학에서 미학과 국어국문학을, 대학원에서 한국현대문학을 전공했다. 한국퀴어문학종합플랫폼 무지개책갈피에서 활동하고 있다. 한국 퀴어 문학을 역사화하는 작업과 더불어, 교차적 관점에 입각한 채식주의/비거니즘의 윤리-정치적 의의를 탐구하는 데 관심을 두고 있다. 『퀴어 코리아』를 함께 옮겼다.

이따금 난 네가 몰라져서 쓸쓸탄다

2023년 9월 18일 초판 1쇄 발행

지은이 지하련 | 옮긴이 백종륜 | 펴낸곳 큐큐 | 편집 정다움 | 출판등록 제2018-000043호 2018년 6월 18일 | 팩스 0303-3441-0628 | 이메일 qqpublishers@gmail.com | ISBN 979-11-91910-10-0 03810

책값은 뒤표지에 있습니다.
잘못된 책은 구입하신 서점에서 바꾸어드립니다.